데이트 어 라이브 프래그먼트
데이트 어 불릿 3
DATE A LIVE FRAGMENT DATE A BULLET 3

"……곤란하게 됐군요……."

"주꼬 씹나 보꾼요."
정령— 토키사키 쿠루미
"귀여워…….
가둬 두고 영원토록
귀여워해 주고 싶어……."
준정령— 히고로모 히비키

"어서 와. 그 하얀 여왕(퀸)에게 맞서는,
위대한 자들이여!"
제3영역(비나)의 전대 지배자(도미니언)— 까르트 아 쥬에

"해찌우러 온 거예요."

"너, 주저 없이 죽이는걸."

제3영역(비나)의 지배자(도미니언)— 하얀 여왕(퀸)

"정말, 가슴이 아프답니다."

"놓치지 않겠다. 항복도 받아주지 않을 거다.
철두철미하게, 나를 위해 죽어 주세요."

A
어

BULLET
불릿

03

글 : 히가시데 유이치로
원안 · 검수 : 타치바나 코우시
그림 : NOCO
옮긴이 : 이승원

누구에게도 상냥하고/누구라도 죽이고
누구에게도 무르고/누구에게도 모질고
순백의 악인/미친 구세주
반전자(反轉者)/역전자(逆轉者)
실추자(失墜者)/역상자(逆上者)
사악/순수
백(白)/악(惡)

—검붉은 시계는 땅에 떨어졌다.
—망가지지 않았기를, 그저 바랄 뿐.

데이트 어 라이브 프래그먼트

데이트 어 불릿 3

DATE A LIVE FRAGMENT 3

SpiritNo.3
AstralDress-NightmareType Weapon-ClockType[Zafkiel]

개시. 작렬하는 탄환, 강철을 베는 소리, 회전하는 몸, 표적을 겨눈다, 쏜다, 쏜다, 쏜다, 연사, 튕겨낸다, 튕겨낸다, 부서진다, 단숨에 접근한다, 번뜩이는 칼날, 피한다, 번쩍이는 칼날, 장총으로 요격, 검의 궤도가 쉴 새 없이 변한다, 세 번째는 피하지 못한다, 날카로운 통증, 뿜어져 나오는 피, 단총을 거머쥔다, 단총으로 막아낸다. 총을 쳐낸다, 손으로, 검으로, 장총으로, 사출, 피한다, 회피, 피신한다, 막아낸다, 총탄의 결계, 파괴되는 『꿈의 요람(크래들)』, 빗나간 총알에 맞고 추락하는 곤돌라, 격돌, 목덜미에, 볼에, 관자놀이에, 급소를 빗겨간 총탄이 스치고 지나간다, 서로가 서로에게 난사, 그 반복, 서로의 피, 일그러진 미소, 열두 개 중 선택, 베이고, 회피, 사선(死線)을 응시하며, 자신에게 【첫 번째 탄환(알레프)】, 가속, 거리를 둔다, 거리를 확보한다, 장총으로 조준, 쏜다, 재장전, 쏜다, 웃는다, 두 사람 다, 【물병의 탄환(드리)】, 대지에 총탄을 쏜다, 멈춰선 여왕, 상처가 아문다, 묵살, 적의 능력을 간파/치유할 장소를 조성한다, 또다시 조준한다, 【게의 검(살탄)】, 칼날이 공간을 절단한다, 한 걸음 내딛는다, 절단된 공간을 무시, 거리를 뒀던 상대, 순식간에 쇄도한다, 살의, 위기감, 도약, 거리를 벌린다, 추격당한다, 속도에서 밀린다, 그와 동시에 검이 꽂힌다, 비명, 등 뒤에서 절규, 넘쳐흐르는 고통, 노려본다, 대답은 조롱 섞인 미소, 【네 번째 탄환(달렛)】, 막힌다, 깊숙이 박히는 칼날, 고통, 목젖까지 올라온 피, 흰색과 붉은색의 영장[드레스](靈裝), 패배를 인정하지 않는다, 의식이 끊어진다, 뒤돌아본다, 울먹이며 바라보고 있는 소녀[히고로모 히비키], 도망쳐, 외친다, 의식, 끊어진다, 하지만, 끝까지, 저항을, 계속하며, 쏜다, 쐈다, 어깨를 도려낸다, 아주 잠시 기분 좋게, 웃고, 비웃고, 빙그레, 웃으며, 의식, 완전히, 단, 절. 종료.

○프롤로그

정신을 차리고 보니, 눈앞에는 자기 자신이 있었다.

칠흑빛을 띤 아름다운 머리카락, 진주처럼 빛나는 피부, **여기저기 찢겨진** 붉은색과 검은색으로 이뤄진 저 영장은 틀림없는 〈신위영장(엘로힘) 3번〉.

그리고, 호박색을 띤 시계판 형태의 눈동자.

"—부탁이에요, 『저』. 무슨 수를 써서라도 도망쳐 주세요. 이 성의 주인인 하얀 여왕(퀸)이 눈치채기 전에 말이에요. 그리고, 무슨 수를 써서라도 인계와 **그 사람을** 구하는 거예요."

"뭐가…… 대체, 뭐가…… 어떻게 된 거죠……."

쿠루미는 반사적으로 총을 꺼내들려 했지만, 그럴 수 없다는 사실을 깨달았다. 눈앞에 있는 소녀가 안타까운 듯이 고개를 저었다.

"저희의 〈각각제(자프키엘)(刻刻帝)〉는 빼앗겨서 쓸 수 없답니다."

"……빼앗겼다……. 그래요…… 저는……."

패배했다. 완전히, 완벽하게, 변명의 여지도 없을 정도로, 패배했다. 마지막 순간에 한 방 먹이기는 했지만, 아마 이미 치료했을 것이다. 그에 반해 자신의 몸에는 희미하게 통증이 남아 있었다. 복부에서 느껴지는 고통이 강렬한 것은 검에 찔렸기 때문일까.

의문은 산더미처럼 존재했다. 무엇부터 물으면 좋을지 알 수 없었다. 알고 있는 건 자신이 패배했다는 엄연한 사실뿐이다.

“의문에 대답하죠. 하지만『저』. 도망칠 준비를 해주세요. 그러지 않았다간 **트럼프 병사처럼** 목이 날아갈지도 모른답니다.”

소녀의 눈빛에는 거짓이나 농담기가 전혀 섞여 있지 않았다. 쿠루미는 우선 가장 중요한 점에 대해 물어보기로 했다.

“대체 여기는 어디죠?”

“여기는 제3영역(비나). 제2영역(호크마)과 함께 제1영역(케테르)에 가장 가까운 영역. 그리고 그림자와 시간이 미쳐 날뛰는 공포동화(메르헨 호러)의 영역이랍니다.”

○제3영역(비나)의 미친 왕

—인계에서의 최고 권력자는 지배자(도미니언)다.

하지만, 그 선출방법은 각 영역에 따라 다르다. 호크마처럼 전통을 준수하여 조건에 적합한 자만을 도미니언으로 **추대하는** 영역이 있는가 하면, 제10영역(말쿠트)처럼 그저 힘을 통해 승자를 정하는 영역도 있다. 혹은 선대가 후계자를 지명하거나, 제9영역(예소드)와 같이 인기투표라고 하는 이례적인 방식으로 정하는 곳도 있다. 그리고 도미니언들은 기본적으로 서로의 영역을 침범하지 않는다.

누구도 영토의 확장을 원치 않는다. 각자의 영역을 통치하는 것만으로 벅찬 데다, 통일한다고 해서 뭔가가 달라지는 것도 아니다. 유일하게 말쿠트만이 싸우고 싶다는 욕구 때문에 적극적으로 영역을 확장하던 시기가 있었지만, 인형사(돌마스터)가 도미니언이 된 이후로는 영역 확장이 중단됐다.

가장 성가시던 영역이 잠잠해져서 한숨 돌리나 싶었는데, 지금까지 안중에도 없었던 비나의 도미니언이 교체되더니—영역의 확장을 도모하기 시작했다.

게다가 그 방법은 말쿠트 같은 단순한 폭력이 아니었다. 음모, 즉, 계략을 펼치기 시작한 것이다. 지금까지 다른 도미니언은 생각도 해보지 못한, 혹은 생각은 했더라도 「어리석다」라고 여기며 쓰지 않은 방식이었다.

하지만, 퀸은 그런 짓을 서슴없이 벌였다.

빈껍데기(엠프티) 소녀들을 조종해 자신의 장기말로서 다른 영역에의 침입 및 확장을 시도했다.

그것은 인계에 있어서의 테러리즘이나 다름없었다.

결국 도미니언들은 내키지 않아 하면서, 혹은 희희낙락하면서 인계의 중앙영역(허브)인 제6영역(티파레트)으로 향했다. 말쿠트를 제외한 각 영역이 한 번에 오갈 수 있는 티파레트가 이런 모임을 자청해서 개최했다.

호크마, 제4영역(헤세드), 제5영역(게부라), 제6영역(티파레트), 제7영역(네차흐), 제8영역(호드), 제9영역(예소드).

일곱 개의 영역에서 건너와 여덟 명의 도미니언이 지금 한 장소에 모였다.

"유키시로 양, 미안하지만 출석을 불러 주지 않겠어요?"

티파레트의 도미니언인 미야후지 오우카가 그렇게 말하자, 호크마의 도미니언인 유키시로 마야가 고개를 끄덕였다. 그녀는 가죽 표지의 두꺼운 책을 한손으로 안아든 후, 트레이드마크인 안경을 반짝이면서 자리에서 일어났다.

"그럼 도미니언의 출석을 확인하겠다. 케테르는 당연히 불참. 연락도 없음. 존재도 확인 안 됨. 호크마…… 유키시로 마야, 나는 출석. 비나…… 이쪽도 불참. 헤세드…… 아리아드네 폭스롯, 출석."

"출석~."

책상에 엎드려 있던 그녀는 자신이 호명되자, 드릴 모양 머리카락만 손발처럼 움직였다. 눈을 감은 채 「쿨쿨」 하는 소리를 입으로 내고 있었다. 그 모습을 본 오우카는 어이없다는 듯이 한숨을 내쉬었다.

"게부라…… 카가리케 하라카."

"여기 있어."

호랑이를 연상케 하는 흉포한 눈매를 지닌 소녀가 대답했다. 눈매가 호랑이 같다면, 몸에 두른 분위기는 폭약 같았다. 가슴 쪽이 훤히 드러난 무녀복을 입고 있지만, 그녀의 흉포함은 전혀 숨겨지지 않았다.

그 험악한 분위기를 느낀 유키시로 마야가 겁먹은 것처럼 숨을 삼켰다. 아리아드네라는 소녀는 여전히 자는 척 하고 있었다.

"어머, 항상 데리고 다니던 제자 분은 어디 간 거야?"

오우카가 그렇게 묻자, 하라카는 인상을 찡그렸다.

"아, 창이라면 완전히 박살이 난 것 같아. 맞지? 예소드의 도미니언."

"그래~. 구한다고 정말 고생했다니깐!"

예소드의 도미니언— 키라리 리네무가 가슴을 펴며 그렇게 말했다. 그녀의 옆에는 반오인 미즈하가 의자를 딱 붙이고 앉아 있었다.

"실제로 구한 사람은 네가 아니라 반오인의 여동생이잖아. ……그것보다, 왜 그쪽은 둘이서 참석한 건데?"

"아, 제가 억지로 따라왔어요. 이런 영역 간의 협의에는 참석해 본 적이 없어서, 어떤 식으로 이뤄지는지 모르는지라……."

"흐응~."

하라카는 재미있다는 듯한 눈길로 두 사람을 쳐다보았다. 정확하게 말하자면, 미즈하가 볼을 붉힌 채 리네무의 옷자락을 꼭 붙잡고 있는 광경을 뚫어져라 쳐다보고 있었다.

"음, 좋아. 귀여운 여자애가 우왕좌왕하는 모습은 정말 좋지!"

하라카가 만족감으로 가득 찬 목소리로 그렇게 외치자, 리네무는 고개를 갸웃거렸다.

"응? 무슨 소리야?"

"어이쿠, 이 녀석은 까맣게 모르잖아!"

"어? 뭘 말이야~? 저기, 대체 무슨 소리를 하는 건데~?"

마야는 크흠 하고 헛기침을 했다.

"으음, 그럼 계속하겠다. 티파레트, 미야후지 오우카. 당연히 출석."

미야후지 오우카는 우아함 그 자체라고 해도 과언이 아닐 만큼 아름다운 소녀였다. 아름다운 연보랏빛 머리카락을 지녔고, 플리츠스커트와 흰색 블라우스는 그녀의 청초함을 강조하고 있었다. 홍차가 담긴 찻잔을 우아하게 들고, 우아하게 마시며, 우아하게 맛을 즐기는 그 모습은 상류층 아가씨 그 자체였다. 눈은(아마도 의도적으로) 감고 있지만, 앞이 보이기라도 하는 것처럼 정확하게 도미니언들을 향해 고개를 들고 있었다.

"여러분, 잘 부탁드려요."

"네차흐, 사가쿠레 유리."

해바라기처럼 선명한 미소를 짓고 있는 흰색 원피스 차림의 소녀가 손을 흔들었다. 투명한 눈동자는 진주처럼 아름답지만…… 너무 아름다워서 아무것도 보이지 않는 듯한 인상도 느껴졌다.

"예~, 후후후후후, 후후후후후. 카레하 양, 내 유이는 잘 지내? 일은 제대로 하고 있어?"

"예, 잘 지내고 있답니다."

"그렇구나. 다행이야~. **얼마 전에 죽어서** 새로 만들었거든. 아, 물론 이번 유이도 **전작과는 비교조차 안 되는 최고 걸작이기는 해**. 그래도 역시 고객에게 직접 감상을 들을 때까지는 불안하단 말이지."

"아하하하하~, 유이 양은 정말 뛰어난 완성도를 자랑해요. 항상 도움을 많이 받고 있답니다."

고급스러운 기모노를 완벽하게 차려입은 반오인 카레하는 부채로 입가를 가리더니 얼버무리는 듯한 미소를 지었다. 바로 그때, 미즈하가 리네무의 옷자락을 잡아당기면서 귓속말로 물었다.

“저기…… 방금 그 말은 무슨 뜻인가요?”

“어? 너, 몰랐어?”

“사가쿠레 유이 양이 사가쿠레 유리 양의 여동생인 줄로만…….”

미즈하가 그렇게 말하자, 리네무는 고개를 저었다.

“그렇지 않아. 사가쿠레 유리는 **여동생을 만들어**. 으음~, 인형이랄까, 또 하나의 자신 같은 거에 가까울걸? 뭐, 기본적으로 셋 정도만 만들 수 있는 것 같지만 말이야. 그리고 그 유이들은 네트워크를 형성하며 쑥쑥 성장해. 인공지능 같은 걸 지녔다던가? 뭐, 나도 잘은 몰라. 아무튼, 유리는 어마어마하게 위험한 여자니까 함부로 다가가면 안 돼!”

이 자리에 있는 이들이 아연실색한 표정으로 리네무를 쳐다보았다. 리네무를 쳐다보는 유리의 눈빛은 여전히 투명했지만, 그녀의 입가에는 일그러진 미소가 어려 있었다.

“저기…… 유리 양, 화나셨나요? 사과하는 편이 좋지 않을까요…….”

미즈하가 우물쭈물하면서 물었다.

“화나지 않았어요.” “화 안 났어!”

유리와 리네무가 동시에 대답했다. 확실히 화는 나지 않은 것 같았다. 금방이라도 살기를 뿜을 것 같으니까 말이다. 하지만 리네무는 태연한 표정으로 「아하하~」 하고 웃고 있었다.

"……그런데 당신은 노래를 부르지 못하게 되어서 도미니언의 자리에서 물러나지 않았어? 그 대신, 내 동생이 도미니언이 된 걸로 알고 있는데 말이야."

카레하가 의아한 눈길로 쳐다보며 미즈하에게 물었다.

"아, 그게—."

"부활했어! 하하하하! 놀랐지?! 실은 나도 놀랐어! 뭣하면 이 자리에서 한 곡 불러 볼까? 자, 노래하자!"

리네무가 벌떡 일어서서 힘찬 목소리로 그렇게 선언하자—도미니언들은 눈을 크게 떴다.

그녀가 노래를 부르지 못하게 됐다는 것은 다들 알고 있었다. 게다가, 그 이유가 인계편성[컴파일](隣界編成) 때 발생한 『그것』을 접했기 때문이라는 것도 말이다.

"……극복한 건가요?"

오우카가 묻자, 리네무는 고개를 끄덕였다.

"그래! 나는 과거, 현재, 미래의 모든 리네무를 초월한, 슈퍼 리네무야!"

리네무는 허세를 부리듯 가슴을 쫙 펴면서 그렇게 말했다.

"바보라는 점까지 낫지는 않아서 다행인걸……."

하라카는 가슴을 쓸어내리면서 그렇게 중얼거렸다. 다들 납득한 것처럼 고개를 끄덕였고, 미즈하는 금방이라도 다른 도미니언들에게 달려들 것 같은 리네무의 소매를 더 세게 움켜쥐었다.

"으음~, 호드와 예소드도 출석……. 출석 확인을 마쳤다. 미야후지 오우카. 이걸로 영역회의의 준비는 끝났군."

유일하게 마이페이스를 유지하고 있던 마야가 출석부에 동그라미를 쳤다.

"자, 그럼…… 이야기를 시작하죠. 대화를 시작해요. 인계의 더욱 나은 미래, 더욱 나은 내일을 위해서 말이에요. 우리는 무명천사가 아니라, 혀 위에 놓인 말로 싸우는 거예요."

오우카의 선언과 동시에 최고 권력자 여덟 명에 의한, 인계의 미래를 좌우하는 대화— 즉, 영역회의가 시작됐다.

◇

"이미 알고 있겠지만 48시간 전, 예소드에 퀸이 나타났어요. 그 직후, 자칭 정령— 토키사키 쿠루미와 교전을 펼쳤죠. 토키사키 쿠루미는 패배했으며, 퀸은 전이문(轉移門)으로 추정되는 것을 통해 부하와 함께 모습을 감췄어요."

"내 부하이자 유리 양의 여동생인 유이 양이 동영상을 촬영했어요. 보시겠어요?"

"볼래, 볼래, 볼래!"

리네무가 가장 반응을 보였다. 하라카도 몸을 쑥 내밀며 고개를 끄덕였다.

"정령과 도미니언의 싸움이구나. 당연히 봐야지."

"저도 매우 흥미가 있답니다. 그녀가 도미니언과 어떻게 다른지, 정말 강한지, 혹은— 정령이라는 게 새빨간 거짓말인지를 말이죠."

"만약 거짓말이라면 완전 실망일 거야~."

"아니, 진짜 맞아."

리네무가 그렇게 말하자, 이 자리에 있는 이들 전원이 그녀를 쳐다보았다.

"리네무 양, 당신의 힘으로 정령의 실력을 가늠하는 것은 무리 아닐까요?"

"물론 나는 약하지만, 얼마나 강한지는 알 수 있어. 나는 너희를 몇 번이나 봤고, 너희의 힘을 본 적도 있잖아. 저기 있는 괴기 요괴 괴력 무녀가 건물을 맨손으로 박살내는 광경도 봤다니깐? 하지만 쿠루미의 힘은 말이지, **봐도 이해할 수가 없었어**. 뭐랄까, 영문도 모르는 와중에 상대방이 죽거나, 튕겨져 날아가버리더라니깐!"

"미즈하. 너는 어떻게 생각하니? 나에게 이야기해 주렴."

카레하가 얼음장 같은 눈빛으로 여동생인 미즈하를 쳐다보며 물었다.

"……아…… 저는…… 저도…… 정령이 맞다고 생각해요. 토키사키 쿠루미 양의…… 그 힘은…… 비정상의 극치였어요."

리네무는 몰라도, 미즈하의 말은 다른 도미니언들도 어느 정도 신뢰하는 눈치였다.

“—자, 진짜로 그런지 확인하기 위해 영상을 틀어볼까요. 우선 전초전부터 보죠.”

사가쿠레 유이의 시점에서 찍은 토키사키 쿠루미와 퀸의 간부인 무명천사 〈홍륙장(紅戮將)(버밀리언)〉을 지닌 룩의 싸움이 시작됐다.

“아, 나도 약간 나왔어! 응, 나는 엑스트라인데도 빛나고 있네! 멋져!”

“그, 그러네요. 리네무 양은 찬란히 빛나고 있어요…….”

“시끄러워요, 키라리 리네무. 그리고 미즈하 양, 그녀가 기고만장해질 발언은 자제하세요.”

“죄송해요…….”

룩이 탈출한 순간, 영상은 일단 끊겼다. 그리고 다음 영상은 예소드 가장자리에 있는 『크래들』로 장소가 변경되어 있었다.

“……여기서의 싸움은? 찍지 못한 거야?”

“위치를 파악하는 데 시간이 걸린 것 같아요. 창 일행을 추적하며 따라갔기 때문이겠죠.”

“어머, 아쉽게 됐네.”

“하지만 중요한 장면은 찍었어요. 여기…….”

그리고 드디어 영상에 그녀— 퀸이 출현했다.

“저 애가…… 퀸…….”

도미니언 중에서도 그녀를 처음 본 이들은 숨을 삼키며

그 이름을 중얼거렸다.

"—둘 다 엄청난걸."

마야가 그렇게 중얼거리자, 다른 이들이 동의했다. 전투를 즐기지 않는 도미니언도, 전투를 삶의 목적으로 삼고 있는 도미니언도, 토키사키 쿠루미와 퀸이 엄청나다는 사실은 이해할 수 있었다.

탄환을 쏠 때마다 인과를 뒤엎는 고풍스러운 총.

휘두를 때마다 부조리를 흩뿌리는 군도(軍刀)(사브르).

속도도, 파괴력도, 판단력도, 전부 도미니언에 필적— 혹은 그 이상이라는 것을 쉬이 상상할 수 있었다. 하지만, 그녀들의 진가가 그런 게 아니라는 사실을 하라카는 간파했다.

"……성가시겠어……."

"카가리케 하라카, 당신이라면 이 두 사람에게 이길 수 있을까?"

오우카가 묻자, 하라카는 어깨를 으쓱했다.

"싸워보지 않으면 모른다……고만 말해두겠어."

"어머, 그건 진다는 소리나 다름없지 않아?"

오우카가 날카로운 질문을 던지자, 하라카는 쓴웃음을 지었다.

"창은 말이지, 강해. 내 제자 중에서는 틀림없이 최고야. 그런 녀석이 필사적으로 싸우고도, 토키사키 쿠루미에게 이기지 못했어."

창은 시답잖은 계략을 뒤엎어버릴 정도로 강인한 육체를 지녔다. 또한 정석적인 책략을 박살내버릴 정도의 파괴력을 지녔다. 하지만— 인과를 역전시키는 다양한 탄환을 사용하며, 무한한 계략과 책략으로 공세를 펼치는 상대와 싸운다면 질 수밖에 없을 것이다.

단순히 강하기만 한 게 아니다. 단순히 능력이 뛰어나기만 한 게 아니다.

뭐랄까, 이 세계의 법칙을 지배하고 있는 듯한 불합리함이 느껴졌다. 저 두 사람에게는 그것이 존재하지만, 도미니언은 지니지 못했다.

"나는…… **질지도** 몰라."

오우카는 한숨을 내쉬면서 홍차를 다시 끓였다.

"……하지만, 그것을 인정해선 곤란해요. 다들 비장의 카드를 두세 장 정도 가지고 있을 텐데— 그것을 계산에 넣었나요?"

"넣지 않았어. 정면 승부로 평범하게 싸운다면 이길 생각이 들지 않는다는 거야. 그리고 내 비장의 카드는 그렇게 많지 않아. 딱 하나뿐이거든."

"어때? 내 말 맞지?"

살벌한 분위기 속에서 환한 목소리로 그렇게 말한 사람은 역시 키라리 리네무였다.

"미즈하, 괜찮아? 아직 견딜 수 있겠어? 하지만 안심해.

저 두 사람은 양쪽 다 음흉할 뿐이야! 이 상황에서도 비장의 카드를 아직 보여주지 않잖아! 인계가 위기에 처했는데도 말이야! 그리고 말이야, 쿠루미를 구출해서 아군으로 삼는다는 선택지도 있다고 생각하거든?!"

미즈하는 스트레스 때문에 위에 경련이 날 것만 같았다. 또한 자신은 도미니언으로서는 무리라는 사실을 실감했다. 아무튼 이 스트레스는 거의 치사 레벨이었다.

"토키사키 쿠루미를 구출한다고요? 반대예요. 말도 안 돼요."

오우카가 단언했다.

"뭐~? 쿠루미는 정령이야, 정령! 우리 같은 『준』정령이 아니라 진짜 정령이라구! 굉장한 여자애란 말이야!"

"……그래서, 구출하지 말자는 거다."

마야의 말에 리네무는 영문을 모르겠다는 듯이 고개를 갸웃거렸다.

"우리가 이 인계에 떨어지거나 혹은 들어온 이후, **세대교체가 일어날 만큼** 긴 세월이 흘렀다. 정령이 있던 시기는 이제 전설이 되어버렸지만…… 그들이 무시무시한 존재였다는 점만큼은 지금까지 전해져 내려오고 있지."

정령이란 재해이자, 신(神)이다.

현대를 살아가고 있는 준정령들 사이에서는 그런 전설이 남아 있었다. 그리고 느닷없는 정령의 등장과— 그 정령과 똑같이 생긴 도미니언.

"신이나 재해 같은 건 아군으로 삼을 수 없다. 아니, 삼고 싶지 않다. 그게 우리 전원의 뜻이라고 생각한다."

"그래~? 나와 같은 생각인 애가 있을 것 같은데 말이야!"

리네무의 말은 때때로 진실을 정확하게 꿰뚫는다. 무표정을 유지하고 있던 이들 중 몇 명이 그 말에 움찔했다.

"……티파레트를 맡고 있는 저, 미야후지 오우카는 반대합니다."

"호크마도 반대다."

"으음, 뭐…… 일단 게부라도 반대인 걸로 해두겠어."

리네무가 불만에 찬 표정으로 다른 도미니언을 쳐다보았지만, 다들 입을 다물고 있었다. 저 세 사람에게 맞설 만큼 명확한 의견은 없다, 혹은 대립하고 싶지 않다, 속내를 드러내고 싶지 않다, 같은 생각을 가진 것 같았다.

오우카는 결정이 됐다는 듯이 손을 들면서 선언했다.

"그럼 토키사키 쿠루미는 앞으로도 적대 세력 중 하나로 여기겠습니다. 그리고 그런 그녀에게 승리했다는 퀸 말입니다만—."

"흐음, 나에 대해 어떤 이야기를 나누고 싶은 걸까?"

미야자키 오우카는 손을 든 채, 그대로 굳어버렸다. 카가리케 하라카와 사가쿠레 유리는 숨소리를 듣자마자 벌떡 일어서서 임전태세를 취했다. 유키시로 마야는 입을 반쯤 벌린 채 얼어붙었으며, 아리아드네 폭스롯은 졸음 때문에 감고 있던 눈을 억지로 치켜떴다. 반오인 카레하는 반사적으로 뒤로 물러섰다. 그리고 반오인 미즈하와 키라리 리네무는 유키시로 마야와 마찬가지로 멍한 표정을 지으며 **천장을 통과해 나타난** 『그녀』를 응시했다.

"그런 영상보다 눈으로 직접 보는 편이 낫지 않을까? 인계를 점령해서 소꿉놀이 같은 생활이나 하며 시간을 낭비하고 있는 준정령 제군."

새하얀, 소녀였다.

상의도, 머리카락도, 모자도, 치마도, 전부 순백색을 띠고 있었다.

한쪽 안구는 천문시계 모양을 하고 있었으며, 양손에는 사브르와 정밀기계 같은 단총을 쥐고 있었다. 겉모습은 흉악하지 않지만, 그녀의 입가에는 보는 이들이 오한을 느끼게 하는 미소가 어려 있었다.

퀸이라 불리는 소녀가 원탁 한가운데에 당당히 선 모습으로 현현했다.

"대부분 오늘 처음 만나는 이들이군. 그래도 카가리케 하라카와는 구면인가?"

"……우리, 만난 적 있어?"

"그래. 딱 한 번 말이야. 네 전우들이 몰살당할 때 봤지."

"……윽!"

하라카의 몸에서 살기가 뿜어져 나오려다— 잦아들었다.

"호오?"

"거짓말쟁이. 그건 단순한 자멸이야. 말쿠트를 둘러싼 사투에 참가했다가 자중지란을 일으켰을 뿐이라고."

"하하, 맞아. 거짓말이지. 네 과거를 알고 있어서 좀 놀려봤을 뿐이야."

좀 놀렸다고 하기에는 악의가 너무나도 강하다, 라고 리네무는 생각했다.

하라카의 과거를 아는 이라면, 그녀의 친구였던 준정령들이 말쿠트의 지배권을 걸고 데스 게임을 벌였다는 것을 잘 알고 있었다.

"……퀸은 남의 과거까지 훔쳐보는 거냐? 취미 한번 더럽네."

하라카는 인상을 찡그리고 있지만, 이미 평정심을 되찾았다. 금방이라도 뿜어져 나올 듯한 살기 또한 어느새 가라앉았다.

"준, 혹은 아종(亞種)이라 불러야 할까. 너희는 정말 성가신 존재야. 너희 따위가 자의식을 가지고 사회를 만들다니, 정말 어이가 없어."

퀸의 도발에 도미니언들은 그녀를 노려보기만 할 뿐, 이미 다들 자리에서 일어나서 언제든지 자신의 무명천사를 불러낼 수 있도록 대비하고 있었다. 리네무와 미즈하조차도 어느새 마음을 진정시키고, 퀸에게 맞서기 위해 다른 도미니언과 시선을 교환하고 있었다.

“흐음, 비나의 도미니언이 된 토키사키 쿠루미 양이시군요.”

퀸이 오우카를 돌아보더니, 총으로 그녀를 겨눴다.

“**불경한 녀석**. 나를 그녀의 이름으로 부르지 마라.”

“그럼 퀸이라 부르죠. 아니면 자칭 여왕(퀸 몽키)이라고 부를까요?”

“유쾌하군. 너는 혀가 잘 돌아가는걸.”

“예. 그런 칭찬을 자주 듣죠. 그럼 여왕님. 대체 뭘 하려고 이런 장소에 어슬렁어슬렁 나타난 거죠?”

“뻔하잖아? 이제 몰래 음모를 꾸밀 필요가 없어졌거든. 정정당당히 선전포고를 하러 왔어.”

“어머나, 참 정중하군요. 그리고 선전포고를 하자마자 살해당하고 싶은 건가요?”

“죽일 수 있다고 생각해? 웃기는군.”

“죽이지 못할 거라고 생각하나요? 그거야말로 웃기는군요.”

서로가 자신만만한 미소를 짓고 있었다.

이 방 안이 살의로 채워져 갔다. 마치 화약고에서 불이 붙은 횃불을 휘두르고 있는 것만 같았다. 그 때였다.

“으음, 여왕 씨? 내 말 좀 들어줄래~?”

“……흐음, 너는 누구니?”

퀸은 자신에게 말을 건 이가 키라리 리네무라는 것을 이해하자마자 김이 샌 듯한 반응을 보였다.

"키라리 리네무! 좀 기억해 주지 않겠어?!"

퀸은 크큭, 하고 조롱 섞인 웃음을 흘렸다.

"예소드의 도미니언 따위를 기억할 필요가 과연 있을까?"

"……그것보다! 쿠루미는 어떻게 됐어?"

"아, **내가 이긴** 그녀 말이군. 그녀는 할 일이 있지. 그녀가 해야만 하는 의무가 있어. 그래서 아직 살아있으니 걱정하지 마."

"그렇구나~. 다행이야~!"

리네무는 그 말을 믿는 건지 가슴을 쓸어내렸다. 그리고 자기 볼일은 다 마쳤다는 듯이 의자에 털썩 앉았다. 퀸 이외의 전원이 리네무의 간 큰 행동을 보며 아연실색했다.

"저기…… 방금 그 말을 믿는 거야?"

마야가 머뭇거리면서 물었다.

"응? 그야 당연히 믿지. **내가 죽인**, 이라고 말하는 편이 훨씬 공포 분위기를 조성할 수 있잖아? 그런데 그냥 이겼다고 말한 걸 보면, 무심코 진실을 말한 게 분명해. 아~, 그게 아니려나? 거짓말을 간파당하면 창피할 것 같아서 그런 걸까~?"

"……거짓말을 간파할 수 있는 거냐?"

퀸의 흥미가 처음으로 리네무에게 향했다.

"어느 정도는 말이야~."

"어? 하지만 모모조노 양에게는 속지 않았나요?"

미즈하가 그렇게 묻자, 리네무는 가슴을 폈다.

“나를 속이려 하는 건 티가 났지만, 진실을 말하고 있는 건 틀림없었거든. 그래서 될 대로 되라는 심정으로 속아준 거야!”

“흐음, 그래? 그럼 지금부터 내가 하는 말의 진위여부를 판단해주겠어?”

그 순간, 모두의 등을 타고 오한이 흘렀다.

그리고 조용히, 엄숙하게, 퀸은 선언했다. 리네무 이외의 다른 이들도 이해했다. ……그녀의 말이 진실이라는 사실을 말이다.

“나는 제군들을 몰살할 생각이다. 내 무사안녕을 위해, 제군들을 한 명씩 확실하게 죽일 생각이다. 놓치지 않겠다. 항복도 받아주지 않을 거다. 철두철미하게, 나를 위해 죽어 주세요.”

—균열이 생겼다.

하라카가 순식간에 칼을 뽑아들며 쇄도했다. 오우카가 주저 없이 홍차가 든 찻잔을 내던졌다. 아리아드네가 뭐라고 중얼거리면서 방에 간섭했고, 유리는 손가락을 튕겼다. 마야는 책을 펼쳤고, 반오인 카레하는 아무 말 없이 한 걸음 물러섰다. 키라리 리네무와 미즈하는 전투에 방해가 되지 않도록 몸을 웅크렸다.

공격을 하든, 하지 않든, 도미니언들은 각자에게 있어 가장 빠른 속도로 반응했다.

하지만, 자신의 이름을 널리 떨쳐 온 준정령들보다 훨씬 빠른 속도로 퀸은 자신의 능력을 발동시켰다.

“〈광광제(狂狂帝)(루키프구스)〉———【처녀의 검(베투라)】.”

모든 공격이 **무효화**됐다. 그녀의 몸이 환영처럼 흐릿해지더니, 이윽고 웃음소리를 흘리며 티끌로 변했다.

“환영……인가요……?!”

“그렇지 않아. 환영이라면 눈치챌 수 있어! 그 정도는 분간할 수 있단 말이야!”

하라카가 그렇게 말하자, 마야도 고개를 끄덕였다.

“……그녀가 나타난 순간, 이 방의 전체 중량은 그녀의 체중만큼 늘어나 있었다. 하지만, 지금은 그게 사라졌어.”

“어떻게 된 걸까~? **방금까지 이 방에 분명 있었다는 거잖아**. 그런데, 사라져버린 거네? 혹시 이 방에 아직 있는 걸까?”

유리의 말에 모두 서로를 쳐다보았다.

“아니, 그럴 리가 없다. 이미 이 방의 전체중량은 원래대로 되돌아갔어. ……순식간에 모습을 드러냈고, 순식간에 환영으로 변한 거다. 환영으로 변한 이유는 확실치 않지만, 아까 모습을 드러낸 건…….”

마야가 테이블 위에 서더니, 천장의 샹들리에를 쳐다보며 책을 펼쳤다.

“『개방(開放)』.”

(Ruby text above 개방(開放): open sesame)

그 순간, **그것**이 모습을 드러냈다. 샹들리에를 투과하며 존재하는 반투명한 문이었다. 디지털 홀로그램처럼 실체가 명확하지 않았다. 이 자리에 있는 모든 이들은 곧바로 이해했다.

퀸은 이 문을 통해, 이곳에 왔고— 또한 귀환했다는 사실을 말이다.

“오우카 양~, 이게 뭐야?”

“저, 저도 몰라요. ……마야, 이게 뭐죠?”

“모른다. 하지만…… 하라카.”

“그래.”

하라카는 칼을 뽑자마자 그대로 휘둘렀다. 그 칼에 샹들리에가 절단된 순간, 문이 일그러지며 사라졌다.

“일단은 이걸로 안심해도 될 거야.”

“……대체 어느새 이런 문을…….”

오우카가 그렇게 중얼거린 순간, 마야가 날카로운 눈빛을 띠며 입을 열었다.

“이곳은 엠프티들이 직접 손으로 청소하지?”

“예. 청소 같은 일에 영력을 소비하는 건, 아—.”

바로 그때, 오우카의 얼굴이 새파랗게 질렸다. 그리고 소리 없는 목소리로 설마, 라고 중얼거린 후 말을 이었다.

“엠프티들이 이 문을 설치했다는 건가요……?”

"그럴 가능성이 크다. 우리는 엠프티들을 준정령이 되지 못한 불량품으로 여기며 잡일 같은 거나 시키지……. 하지만 생각을 바꿀 필요가 있겠는걸. 우리의 일상에 깊숙이 파고든 그녀들은 퀸에게 있어서는 자신의 병사니까 말이다."

그리고 어쩌면, 하고 마야는 아무에게도 들리지 않을 목소리로 중얼거렸다.

엠프티 이외에도 퀸의 편에 선 자가 있을지도 모른다.

◇

"하얀, 여왕……."

쿠루미는 경악에 찬 목소리로 그 이름을 중얼거렸다.

"예. 저희와 같은 이름을 쓰며, 저희와 역위상(逆位相)을 이루는 영장을 걸친 괴물. 그녀가 바로 이 비나의 도미니언이랍니다."

"저희와 같은 이름을 쓰는 게 아니라, 저희와 같은 존재 아닌가요? ……아니, 그것보다 더 중요한 일이 있군요."

쿠루미는 또 한 명의 쿠루미를 쳐다보며 말했다.

"당신은 대체 누구죠? 왜 저와 같은 목소리, 같은 얼굴을 지녔고, 그런 누더기를 걸친 채 이런 곳에 있는 거죠?!"

그 말을 들은 또 한 명의 쿠루미가 굳은 표정으로 쿠루미를 쳐다보았다. 너무나도 뜻밖의 질문을 받은 탓에 딱딱하게 굳은 것 같았다.

쿠루미의 입장에서 본다면, 퀸보다도 **자신과 완벽하게 똑같이 생긴** 그녀가 더 무시무시한 존재였다. 퀸은 단순한 가짜라 여기면 납득할 수 있다. 하지만 눈앞에 있는 소녀의 모습은 납득을 할 수 없다.

또 한 명의 쿠루미는 잠시 동안 쿠루미를 쳐다본 후, 이윽고 작게 한숨을 내쉬었다.

“저는…… 토키사키 쿠루미의 분신이랍니다.”

“분신…….”

“자프키엘의 능력, 【여덟 번째(헤트) 탄환】. 『저희』의 과거를 추출해 분신을 만드는 힘……. 건너편 세계에서 그 능력에 의해 탄생한 저희는 『저』와 함께 싸워 왔죠. 기억하지 못하는 건가요?”

그 말을 들은 순간, 쿠루미의 뇌가 욱신거렸다.

분신— 토키사키 쿠루미의 그림자에 모여든, **자기 자신**이라고 하는 최강의 병사들. 그녀가 보낸 시간 중 단 한순간을 추출하기에, 축적해 둔 시간만 충분하다면 사실상 무한히 병사를 늘릴 수 있다. 〈나이트메어〉라는 식별명에 어울리는, 그야말로 최악 최강의 능력인 것이다.

—왜 그렇게 중요한 힘을 잊고 있었던 걸까?

뇌가 강렬하게 욱신거렸다. 기억해선 안 되는, **소중하기 때문에 잊고 있어야만 하는 것**이 존재한다.

"……저는 기억을 잃었어요. 아마 이 인계로 떨어지는 도중에 사고를 당한 것 같아요……."

"아무것도 기억하지 못하나요?"

"—아뇨. 딱 하나, 소중한 걸 기억하고 있어요."

말을 할까, 말까. 망설이고 있는 쿠루미를 눈앞의 소녀가 미심쩍은 듯이 응시하고 있었다.

"저는…… 그분을, 갈구하고 있어요. 그분에게, 끌리고 있어요……."

볼이 연지라도 바른 것처럼 빨개졌다. 이런 상황인데도 불구하고 모든 것을 잊을 것만 같았다. 그 모습을 본 또 한 명의 쿠루미가 옅은 미소를 머금었다.

"그렇다면 반드시 탈출해야만 하겠군요."

"물론이죠. 하지만…… 우선 뭐가 어떻게 된 건지…… 아니, 알고 있는 걸 전부 가르쳐 주세요. 저희는 정보를 공유할 필요가 있다고 생각해요."

또 한 명의 쿠루미가 고개를 끄덕였다.

"좋아요, 『저』. 퀸은 괴물이에요. 농담이 아니라, 진짜로 이 인계를 멸망시킬 생각이죠. 그리고…… 이건 어디까지나 추측이지만……."

눈앞의 소녀는 심호흡을 한 후, 절망적인 진실을 고했다.

"그녀는 **토키사키 쿠루미의 반전체**예요. 저희와는 절대 양립할 수 없는 존재예요."

반전체. 어렴풋이 그런 현상을 기억하고 있지만, 애매모호해서 정확하게 기억하지는 못했다.

"저도 세세하게 이해하고 있지는 않답니다. 하지만, 말 그대로 반전— 속성, 성격, 정신, 성질, 능력을 비롯한 모든 것이 뒤집힌(턴 오버) 생명체. 궁극적인 파괴를 자행하는, 완전히 파탄이 난 존재예요."

"파탄…… 확실히, 그녀는 망가져 있었어요. 왠지 대화를 나눈다기보다, 일방적으로 말을 늘어놓고 있는 듯한 느낌이었죠."

"퀸은 아직 얌전한 편이에요. 반전체는 자동적으로 파괴를 자행하는 개념이라고 들었어요. 오히려 **뭔가를 획책하는 게 이상할 정도**죠."

"획책…… 그러고 보니, 인계를 멸망시킨다는 건 무슨 소리죠?"

"그건…… 저도 자세하게는 알지 못한답니다. 하지만 저에게서 힘을 빼앗으며 그녀는 이렇게 말했어요. 『인계를 멸망시키기에는, 아직 부족해』라고요."

"힘을…… 빼앗았다고요……?"

"예. 솔직히 말해 지금의 저는 전투능력이 없다고 해도 과언이 아니랍니다. 무기를 빼앗기고, 고문을 통해 시간과 영력을 빼앗겼으며, 영장 또한 이렇게 됐죠."

확실히, 눈앞에 있는 쿠루미는 엉망이 된 상태였다. 겉보기에는 그나마 괜찮아 보이지만, 실은 상처투성이라는 것을 쿠루미도 알 수 있었다.

인간에 비유한다면, 심장 이외의 내장을 전부 제거당한 것과 다름없는 상태였다.

"……저도 〈자프키엘〉을 빼앗겼어요."

"〈자프키엘〉을……."

원래 천사와 정령은 강하게 연결되어 있다. 히고로모 히비키의 〈왕위찬탈(킹 킬링)〉처럼 『토키사키 쿠루미라는 존재 그 자체』를 빼앗는다면 몰라도, 〈자프키엘〉만을 빼앗는 것은 불가능하다.

하지만, 반전체인 퀸만은 예외인 것 같았다.

"제가 살아있는 건 더는 의미가 없기 때문이에요. 힘을 송두리째 빼앗으면 죽지만, 그렇다고 죽여 버리기엔 아깝다는 거죠. 마치 계륵 같네요."

"……머지않아 저도 그렇게 될 거라는 건가요?"

"퀸은 아직 부족하다고 말했으니까요……. 분명 당신도 저와 같은 꼴이 될 거랍니다. 아마 오늘 안에 말이에요."

한숨이 나왔다.

사태는 상상했던 것보다 훨씬 심각한 데다, 남은 시간 또한 얼마 되지 않았다.

"탈출할 수밖에 없는 상황이지만, 어떻게 탈출할지가 문제군요. 어떻게든 케테르에 가고 싶은데—."

"불가능해요."

눈앞의 소녀는 쿠루미의 말을 단박에 부정했다.

"부, 불가능하다는 게 무슨 소리죠?!"

"……아까, 퀸이 인계를 멸망시킬 거라고 말했죠? 그녀는 현재 영력과 시간을 최대한 활용해서 케테르로 이어지는 문(게이트)을 만들려 하고 있답니다. 퀸조차도 그곳에 도달할 수가 없기 때문이죠."

"……문……을…… 만든다고요……?"

쿠루미는 문을 만든다는 말을 듣고 고개를 갸웃거렸다.

"말쿠트와 예소드를 잇는 문은 닫혀 있었을 뿐이었지만, 케테르에는 애초에【하늘에 이르는 길(샤마임 크비슈)】라 불리는 통로 자체가 없답니다. 세계가 완전히 단절되어 있어서, 그 누구도 도달하지 못했죠."

"누구, 도……? 케테르는, 현실…… 건너편 세계로 이어져 있지 않나요……?!"

쿠루미의 목소리가 상기됐다. 이래서는 여행을 하는 목적 자체가 상실되고 마는 것이다.

"예. 소문에 따르면 케테르는 건너편 세계로 이어져 있다고 해요. 하지만, 그 누구도 그 영역에 도달한 적이 없죠. 그렇기 때문에, 건너편 세계와 이어져 있을지도 모른다는 소문이 도는 것이랍니다. 애초에 케테르 이외의 영역에 속한 준정령 중에서 건너편 세계로 귀환한 존재는 없으니까요."

"……제가 케테르로 가는 건……, 건너편으로 돌아가는 건, 불가능한가요……?"

눈앞의 소녀는 고개를 저었다.

"거기까지는 몰라요……. 저기, 『저』. 그렇게 돌아가고 싶나요? 건너편 세계에 말이에요."

"예. 그분을 만나기 위해서라면, 저는 그 어떤 희생도 치르겠어요."

—아득히, 머나먼 기억.

언젠가 다시 만날 수 있을 거라 믿을 수밖에 없다고, 기도하며 지낸 나날…….

설령 소문에 불과할지라도, 그것을 확인하고 싶다. 만약 사실이 아니라면, 다른 방법을 찾을 것이다.

"케테르로 건너가기 위해 인계를 멸망시켜야 하더라도 말인가요?"

"그건—."

하지만, 또 한 명의 쿠루미가 그런 질문을 던지자 쿠루미는 고개를 돌렸다. 그 모습을 본 소녀는 흐뭇한 미소를 지었다.

"죄송해요. 좀 심술궂은 질문을 던졌군요. ……그래요. 그렇군요. 『저』…… 아니, 당신은…… 그분을 만나기 위해……."

"알고 계시나요?"

"예, 물론이죠. 저는 『**저**』니까요."

"그럼 그분에 대해—."

뭔가 알고 있는 게 있는지 물어보려 하는 쿠루미를, 또 한 명의 쿠루미가 제지했다.

"그건 나중에 이야기하죠. 그것보다, 지금 상황을 어떻게 타파할지에 집중해주세요."

"으……, 그건 그렇지만……."

"여기서 탈출한다면, 제가 알고 있는 걸 가르쳐드리겠어요."

"정말이죠?!"

쿠루미가 의욕을 내며 몸을 쑥 내밀자, 그녀를 묶고 있는 사슬이 철컹거렸다.

"예. 그러니 일단 탈출을 우선하도록 해요. ……퀸에게 대항할 수 있는 사람은 『저(당신)』 뿐이니까요."

"도미니언급의 준정령이라도 이길 수 없나요?"

"……여러 명이 힘을 합쳐 싸운다면 대항할 수 있을 가능성도 있지만…… 알고 있을 텐데요? 퀸이 세 명의 간부를 대동하고 다닌다는 걸 말이에요."

쿠루미는 그 말을 듣고 그녀를 떠올렸다.

예소드에서 사투를 벌였던 최악의 상대. 거대한 낫을 든 엠프티 소녀…….

"한 사람은 룩……이었죠."

"예. 그 외에도 비숍, 그리고 나이트가 있어요. 아무래도 자신을 포함해 체스를 빗댄 호칭을 사용하는 것 같아요."

쿠루미는 그 말을 듣고 납득했다. 룩은 체스의 말 중 전차를 가리킨다. 그리고 비숍은 성직자, 나이트는 기사다.

"그렇다면 폰은—."

"폰은 엠프티(빈껍데기)겠죠. 퀸은 그녀들을 지배하는 힘을 지닌 것 같아요."

"그 힘은 예전에 엠프티였던 이에게도 효과가 있나요?"

"글쎄요. 그건 모르겠군요."

"……그런가요."

쿠루미는 어금니를 깨물었다. 『크래들』에 홀로 남겨지고만 엠프티— 히고로모 히비키를 떠올리면서 말이다. 그녀도 퀸에게 조종당하게 된 것은 아닐까?

아니, 당시에 히비키를 신경 쓸 여유는 없었을 것이다. 룩은 창이 막고 있었으며, 다른 간부도 없었다.

패배한 쿠루미를 포박했다고는 해도, 한눈을 팔 수 없는 상황이었을 것이다.

히비키를 신경 쓸 여유는 없었을—.

"실례하겠습니다."

귀에 익은 목소리에 쿠루미의 등을 타고 오한이 흘렀다. 묵직한 철제문이 열리더니, 한 소녀가 들어왔다. 간소한 감색 원피스와 새하얀 앞치마를 걸친 소녀는 메이드 같아 보였다.

하지만 문제는 그 소녀가 귀에 익은 목소리와 얼굴을 지녔다는 점이다.

“식사입니다.”

“어머나, 식사가 나오다니 참 신기한 일도 다 있군요. 두 명째 저는 그 정도로 중요한 존재인가요?”

쿠루미는 그 말이 귀에 들어오지 않았다. 음식이 실린 카트를 밀면서 들어온 이에게서 눈을 뗄 수가 없었던 것이다.

항상 온화한 미소가 어려 있던 그 얼굴은 무표정하기 그지없었다. 그리고 꼿꼿한 등과 허무를 담고 있는 눈매가—마치 갓 만들어진 인형을 연상케 했다.

“히비키 양…….”

“……식사입니다.”

쿠루미는 히고로모 히비키였던 소녀의 공허한 얼굴에서 눈을 떼지 못했다.

“히비키 양!”

쿠루미가 불렀지만, 그녀는 대답하지 않았다. 그저 고개를 갸웃거리며, 텅 빈(엠프티) 눈으로 쿠루미를 쳐다보았다.

눈앞에 있는 이는, 그녀지만 그녀가 아니었다.

혼이 빠져나가버린 빈껍데기, 허무의 인격— 거기까지 생각이 미친 순간, 쿠루미의 몸속 깊은 곳에서 구역질과 오한이 샘솟았다.

“말도 안 돼…….”

쿠루미가 경악한 가운데, 묵직한 소리를 내면서 두터운 문이 닫혔다—.

"……푸하~! 엄청 긴장했네~! 쿠루미 씨, 괜찮으세요~?"

그 순간, 그녀의 눈동자에 빛이 돌아왔다.

"어?"

그리고 인형 같던 소녀는 순식간에 작고 귀여운 동물 같은 느낌의 사랑스러운 존재로 바뀌었다.

"히비키…… 양?"

쿠루미는 망연자실한 목소리로 그렇게 말했다. 흔히 볼 수 없는 광경이지만, 히비키는 그걸 눈치채지 못한 채 자기 말만 늘어놓았다.

"예, 히고로모 히비키예요. 이야~, 진짜로 큰일 날 뻔 했다니까요! 그때, 쿠루미 씨는 곤죽이 되도록 박살이 났잖아요? 곤죽이 되도록(두 번 말함)! 그리고 창 씨도요. 그래도 창 씨는 어찌어찌 도망쳤지만, 쿠루미 씨는 넙죽 잡혀서 그대로 끌려가버렸죠. 그리고 그 둘은 저를 무시하며 가버렸는데, 그녀들이 통과한 워프존? 같은 게 사라지지 않더라고요! 그래서 『좋아~, 죽기 아니면 까무러치기!』 라는 생각으로 뛰어들었더니, 이 성에 도착하지 뭐예요! 큰일 났다~, 어디로 가면 되는지 모르겠네~ 라고 생각하고 있는데, 저 같은 엠프티가 메이드 같은 일을 하고 있더라고요! 그래서 한 명 쓰러뜨리고 이 영장을 걸친 다음, 성 안을 뒤지고 또 뒤

진 끝에 겨우겨우~ 쿠루미 씨를 발견했어요! 저희 둘 다 살아있어서 다행이네요~! 어, 쿠루미 씨?"

쿠루미는 아무 말 없이 히비키를 꼭 끌어안았다. 끌어안았다기보다 으스러뜨리려고 하는 느낌에 가까워보였다.

"아야야얏! 쿠루미 씨, 저, 저기, 아파요! 죄송해요! 잘못했어요!"

히비키가 고통을 호소하며 버둥거리는 가운데, 쿠루미는 안도의 한숨을 내쉬며 귓속말을 했다.

"—다른 사람에게 너무 걱정을 끼치지는 말아 주세요."

그 목소리는 듣는 이가 고통을 잊게 할 만큼 은밀했고, 또한 정으로 가득 차 있었다.

"……죄송해요, 쿠루미 씨. 하지만 구하러 온 건 사과하지 않을 거예요."

히비키는 그렇게 말하면서 쿠루미를 마주 안았다. 히비키는 쿠루미가 상처 입었다고 생각했다. 싸워서 상처 입은 게 아니라, 패배해서, 궁지에 몰려서, 상처 입은 것이다.

"도망치죠. 쿠루미 씨. 걱정하지 마세요. 아이돌 때와 마찬가지예요. 저희가 힘을 합치는 거예요."

쿠루미는 히비키의 품속에서 살며시 고개를 끄덕였다.

"어머, 어머. 아름다운 우정이군요. 저."

약간 놀리는 듯한 목소리에 쿠루미는 허둥지둥 히비키에게서 떨어졌다. 고개를 돌려보니, 또 한 명의 쿠루미가 씨익 웃으면서 기대에 찬 눈길로 두 사람을 응시하고 있었다.

"아, 혹시 이분이 예전에 잡혔다는 쿠루미 씨인가요?"

히비키의 말에 쿠루미는 눈을 동그랗게 떴다.

"알고 있었나요?"

"예. 엠프티는 항상 멍한 것 같지만, 사고능력을 지니고 있어서 잡담을 나누기도 하니까요. 두 명째 쿠루미 씨가 잡혀 왔다며 꽤 시끌시끌했어요. 그건 그렇고 정말 많이 닮았네요. 아니, 쿠루미 씨와 똑같은걸요. 깜짝 놀랐어요."

"그런데, 『저』. 이분은 누구죠?"

눈앞의 소녀가 그렇게 묻자, 쿠루미는 웃음을 흘리며 말했다.

"그녀의 이름은 히고로모 히비키. 저희를 탈출시켜줄 동아줄이랍니다."

"후후후. 저만 믿으세요! 쿠루미 씨! ……그러고 보니 두 분 다 쿠루미 씨네요. 앞으로 호칭을 어떻게 할까요?"

"제가 쿠루미, 그녀는 쿠루미Ⅱ호라고 불러 주세요."

"—잠깐만요. 순서로 본다면 제가 먼저 아닐까요. 그러니 『저』야말로 쿠루미Ⅱ호라 불러야 하지 않을까요?"

쿠루미Ⅱ호라고 불린 쿠루미는 발끈한 듯한 표정을 지으며 가슴을 폈다.

"제 세계에 끼어든 사람은 다름 아닌 저(당신)예요. 즉, 제 인식상으로는 당신이야말로 쿠루미Ⅱ호가 틀림없다고 할 수 있답니다.”

“그렇게 치면, 제 세계에 끼어든 건—.”

“정~신~사~나~워~요~!”

그때, 히비키가 그렇게 외치며 두 사람의 말다툼에 끼어들었다.

“아무튼, 두 사람 다 저와 함께 도망치죠. 우선 이 자리를 벗어나는 게 가장 시급해요.”

쿠루미와 쿠루미Ⅱ호는 서로의 얼굴을 쳐다보며 한숨을 내쉬었다.

“『저』, 어쩔 수 없으니 일단은 서로가 『토키사키 쿠루미』인 걸로 하지 않겠어요?”

“알겠어요, 『저』. 일단 마음속으로만 쿠루미Ⅱ호라고 부르도록 하겠어요.”

“……저쪽의 『저』는 성격이 참 더러운 것 같지 않나요?”

또 한 명의 쿠루미가 눈을 가늘게 뜨고 묻자, 쿠루미는 히비키를 쳐다보며 빙긋 웃었다.

“아무래도 나쁜 게 옮은 것 같군요.”

“그 나쁜 게 저인가요?! 쿠루미 씨~!”

히비키가 두 팔을 휘저으며 항의하자, 쿠루미는 마음속으로 안도했다. 어느새 익숙해져버린 광경, 그리고 평소와 다름없는 대화— 그것이 왠지 눈부시게 느껴졌다.

◇

“……우선 이 사슬부터 풀어야만 해요. 히비키 양, 이 사슬을 어떻게 할 방법은 없나요?”

쿠루미가 몸을 움직이자, 사슬이 철컹철컹 하는 소리를 냈다. 두껍고, 단단한 사슬이다. 손목을 자르지 않는 한, 이 사슬에서 벗어날 수 없으리라.

“일단 저도 무명천사를 가지고 있긴 하지만…… 이 사슬을 부술 수 있을 만큼 튼튼하지는 않아요. 원래 그런 용도로 쓰는 것도 아니고요.”

히고로모 히비키의 무명천사인 〈킹 킬링〉은 대상자의 얼굴과 능력, 그리고 성격을 강탈하는 무시무시한 무기다. 하지만 거꾸로 말하자면, 강탈밖에 못한다. 거대한 갈고리처럼 생긴 형태만 보면 백병전에서도 쓸 수 있을 것 같지만, 실은 콘크리트벽조차도 부수지 못하는 것이다.

“히비키 양, 후딱 가서 〈자프키엘〉을 가지고 돌아와 주지 않겠어요?”

“태연한 표정으로 무모한 소리를 하네요. 대체 어떻게 손에 넣으라는 건데요?! 어디에 있는지도 모르는 데다, 그런 걸 여기까지 가지고 올 자신도 없단 말이에요~!”

히비키의 말은 옳았다. 하지만 〈자프키엘〉 수준의 파괴력을 지닌 무기로만 이 사슬을 부술 수 있을 것이다.

"이 모습으로는 감옥 밖을 돌아다닐 수 있지만, 〈자프키엘〉처럼 중요한 건 분명 엄중하게 지키고 있을 거예요……."

"아마 그렇겠죠……."

히비키의 전투능력은 평범한 수준을 약간 밑돈다. 퀸은 물론이고 간부인 세 사람조차 절대 이길 수 없다. 상대가 엠프티라면 아마 싸워볼 만할 것이다. ……하지만 그것도 1대1로 싸울 때의 이야기다. 아마 1대2로 싸운다면 겨우겨우 비길 것이며, 1대3이라면 절대 이길 수 없다. 히비키는 자신의 전투력을 그 정도로 평가하고 있다.

"……퀸이 어디에 있는지는 알고 있나요?"

쿠루미Ⅱ호가 그렇게 묻자, 히비키는 씨익 웃으며 입을 열었다.

"걱정하지 마세요. 여왕은 다른 영역에 간 것 같아요. 엠프티들이 그렇게 말했어요. 뭐랄까…… 그녀들은 꽤 해이해진 것 같았으니까, 아마 틀림없을 거예요."

히비키가 몰래 침입했을 때만 해도 엠프티들은 반짝 긴장한 상태였으며, 잡담도 작은 목소리로 했다. 하지만 어느 순간을 기점으로 긴장이 풀린 듯한 반응을 보이더니, 목소리도 약간 커졌다.

그래서 물어보니, 아니나 다를까 퀸은 귀환하고 얼마 지나지 않아 다시 이곳을 떠났다고 한다. 물론 그녀들은 여왕을 두려워하지 않는다. 하지만 지나칠 정도로 동경하기 때문에, 자신들이 폐를 끼칠까봐 불안에 떠는 것 같았다.

……결국, 아이돌을 동경하는 소녀나 다름없는 것이다. 하지만 이곳의 엠프티들은 그런 귀여운 구석뿐만 아니라, 여왕을 위해서라면 자신의 목숨마저 버릴 수 있을 정도로 광신도 같은 면도 가지고 있었다.

"뭐랄까, 저와는 다른 생물처럼 느껴졌어요."

"히고로모 히비키 양. 질문이 하나 더 있답니다. 방금 들은 당신의 무명천사 〈킹 킬링〉 말인데……."

"예?"

쿠루미Ⅱ호는 고개를 갸웃거리는 히비키에게 질문을 던졌다. 히비키는 그 질문을 듣고, 표정을 딱딱하게 굳혔다.

"……아마…… 가능……할…… 거예요……."

"……그런가요. 그럼 매우 좋은 아이디어가 하나 있답니다."

"어머나, 저는 정말 악랄하군요."

쿠루미는 즐거운 어조로 그렇게 말했다.

"맞아요! 대체 뭘 먹으면서 지금까지 살았길래 이렇게 악랄하기 그지없는 아이디어가 떠오르는 거죠?!"

"하지만 이 방법밖에 없지 않을까요?"

"그거야 그렇지만요!"

히비키는 하아 하고 한숨을 내쉬었다. 그러자 쿠루미는 웃음을 멈추더니, 희미하게 불안함이 섞인 표정을 지었다.

"……솔직히 말해, 히비키 양을 이런 일에 깊이 관여시키고 싶지는 않답니다."

히비키가 위험에 처할 게 분명하기 때문이다.

가능하면 자신이 싸우고, 히비키는 그냥 뒤따라오는 게 가장 좋다. 하지만 쿠루미는 현재 싸울 수가 없으며, 사슬 탓에 자유롭게 움직일 수도 없다. 〈자프키엘〉을 빼앗긴 이 상황에서, 그녀에게 주어진 무기는 자신의 신체능력뿐이다.

"이제 와서 무슨 소리를 하는 거예요, 쿠루미 씨!"

히비키가 주먹을 쑥 내밀자, 쿠루미는 약간 머뭇거리며 주먹을 마주 내밀었다.

"그럼 제 기억부터 꺼내 주세요. 부모의 얼굴보다 자주 본 여자이니, 아마 히고로모 양이라면 가능할 거랍니다."

"쿠루미 씨와 같은 얼굴을 지닌 사람한테 히고로모 양이라고 불리니 왠지 좀 멋쩍네요. 아, 하지만 앞으로도 계속 히고로모 양이라고 불러 주세요!"

"예. 그럼 준비됐나요?"

쿠루미Ⅱ호와 히비키가 마주섰다. 그리고 서로의 이마를 맞댄 채, 호흡을 가다듬었다.

"기억을 꺼내겠어요. 꽤 괴로울 거랍니다. 계속 고문만 당했으니까요."

"기억을 모방하겠어요. ……괴롭겠지만, 최대한 떠올려 주세요. 이 비나에 있는 이들 전원이 그녀의 『광팬』이나 다름없거든요."

심호흡—.

가학적인 미소를 띤 퀸의 모습을, 히비키는 자신의 눈으로 똑바로 쳐다보았다.

성격, 말투, 몸짓, 온갖 것들을 모방하고, 찬탈(킬링)했다.

"어떤가요?"

"……완벽해요."

쿠루미Ⅱ호는 감탄 섞인 한숨을 내쉬었다.

◇

그렇게, 히비키는 감옥 밖으로 나갔다. 목젖까지 치밀어 오른 긴장을 억지로 삼킨 후, 천천히 걸음을 옮겼다. 자신과 마주친 엠프티가 경악과 경외에 찬 표정으로 자신을 응시했다. 아까 다른 영역으로 떠났던 이가 느닷없이 돌아왔으니 저런 반응을 보이는 것도 무리는 아니다. 삐끗하고 발이 꼬일 것만 같았다. 하지만 식은땀도 흘릴 수 없는 상황이기에, 그녀는 가능한 한 태연한 척 하면서 걸음을 옮겼다.

엠프티들은 퀸을 쳐다보고 있지만, 말을 걸지는 않았다. 그녀들에게 있어 퀸은 함부로 말을 걸 수도 없을 만큼 경외의 대상인 것 같았다.

그 덕분에 히비키는 들통이 나지 않았다.

쿠루미Ⅱ호는 고문을 당하고, 능력을 빼앗길 때마다 다른 곳으로 끌려갔다.

"저는 그때 이 영역의 구조를 얼추 파악해뒀답니다. 이 영역의 어딘가에 무명천사를 모아둔 『무기고』 같은 장소가 있는 것 같더군요. 정확한 위치는 모르지만…… 어떻게든 그곳을 찾아 주세요."

히비키는 심호흡을 하면서 쿠루미Ⅱ호가 한 말을 떠올렸다.

'지하 1층의 감옥에서 스타트. 길을 따라 나아가다, 오른쪽의 문을 열고 507걸음, 거기서 왼쪽으로 돌아서 직진, 351걸음. 계단을 올라가서 왼쪽으로 약 1000걸음 걸어가면 내가 통과했던 입구의 거대한 문이 있어. 우선 그곳에 도착해야 해.'

히비키는 광대한 성 안을 하염없이 걸었다. 문득 옆을 보니, 복도에 설치된 창문에 히비키의 얼굴이 비쳤다. 검은색과 붉은색으로 꾸며진 쿠루미가 아니라, 하얀 여왕(퀸)의 얼굴이 말이다.

'……반전체. 나도 그런 현상이 있는 줄은 몰랐어…….'

히비키도 많은 위험을 헤치며 지금까지 살아왔지만, 반전체가 된 준정령은 아직 만난 적이 없다. 정령만이 반전체가 되는 것인지, 혹은 반전할 정도의 절망을 느끼기도 전에 빈 껍데기가 되어버리는 걸까.

'뭐, 지금 생각해 봤자 아무 소용없어.'

아무튼, 퀸은 적이다. 그 어떤 이유가 있더라도— 그녀는 쿠루미를 상처 입히는 존재다.

"……."

히비키는 시선을 느끼고 굳어지려 하던 표정을 허둥지둥 풀었다.

엠프티 셋이 한곳에 모여서 히비키를 쳐다보고 있었다. 기대에 찬 표정을 짓고 있는 그들의 얼굴은 눈부신 희망으로 가득 차 있었다. ……원래라면, 있을 수 없는 일이다. 엠프티는 죽음을 갈구하며, 체념을 선택한 준정령이다. 그렇기에 그들은 순백색을 띠고 있는 것이다. 대부분의 색소를 잃으며, 과거의 기억 또한 사라진다.

그런 그녀들이 희망을 느낀다는 것 자체가 말도 안 되는 것이다.

하지만— 아무튼, 의심을 살 수는 없다. 다행스럽게도 히비키는 퀸이 했던 말을 전부 기억하고 있으며, 쿠루미Ⅱ호 또한 고문을 당하면서도 퀸이 한 말을 기억하고 있었다.

"제군, 좋은 아침이다."

쿠루미Ⅱ호의 말에 따르면, 퀸의 말투는 변칙적이라고 한다. 정중한 말투를 쓸 때도 있는가 하면, 갑자기 여왕다운 말투를 쓰기도 하며, 1인칭 또한 시시콜콜 변하는 것 같았다.

그러니 이런 말투를 써도 괜찮을 것 같은데…….

"예. 좋은 아침입니다. 여왕님."

……문제는 없는 것 같았다. 세 사람이 자신을 향해 깊이

고개를 숙이자, 히비키는 마음속으로 가슴을 쓸어내렸다.

"저기, 새로운 룩 님께서 찾고 계십니다만……."

그 말을 들은 순간, 히비키의 등골이 서늘해졌다. 룩— 세 간부 중 한 명인 준정령이다. 그녀는 엠프티와 다르게, 퀸과 직접 대화를 나눈 적이 있을 것이다. 지금 상황에서 가능한 한 만나고 싶지 않은 상대다.

"룩이?"

"예. 괜찮으시다면 저희가 룩 님을 모셔오겠습니다만……."

퀸에게 도움이 된다는 사실에 기쁨을 느꼈는지 엠프티의 눈동자가 더욱 빛났다. 히비키는 미안하다고 생각하면서도 그 제안을 거절했다.

"됐다. 지금은 만나고 싶지 않아."

"그런가요……."

엠프티들은 그 말을 듣고 순순히 물러섰다. 방금 대화를 통해 미심쩍은 느낌을 받은 이도 없는 것 같았다. 이대로 간다면 어떻게든—.

"어머, 퀸. 무슨 일 있으십니까?"

"—읏?"

히비키는 뒤를 돌아보았다.

깜짝 놀랐는데도 얼굴이 일그러지지 않은 건 기적에 가까우리라. 토키사키 쿠루미와 창을 상대로 격전을 펼치며 완전히 궁지로 몰아넣었을 뿐만 아니라, 히비키가 미끼 역을 맡으며 목숨을 건 공격을 펼친 끝에 겨우 쓰러뜨린 장발 소녀. 그리고 퀸에 의해 새롭게 탄생한 제2의 룩.

무명천사 〈버밀리언〉— 붉은색을 띤 거대한 낫을 어깨에 걸친 그녀는 퀸을 지그시 응시하고 있었다.

"아까 나갔다 오겠다고 하셨지 않습니까."

그녀는 천진난만한 표정을 지으며 고개를 갸웃거렸다. 긴장을 푼 순간 살해당할 거라고 히비키는 머릿속 한편으로 생각하면서도, 겉으로는 자신만만한 미소를 지었다.

"네가 신경 쓸 필요 없다. 그것보다, 그녀의 〈자프키엘〉을 가지고 와라."

"〈자프키엘〉을요? 그건 명령대로 보물고에 봉인했습니다만……."

"……좀 신경 쓰이는 점이 있거든. 좀 가져다 주지 않겠어?"

룩에게 명령을 내리자, 그녀는 약간 난처한 표정을 지었다.

"죄송합니다. 저는 재조립이 된 지 얼마 안 된 이 영역에 익숙하지 않습니다. 그리고 보물고의 장소는 퀸께서만 알고 있을 텐데요?"

"……참, 그랬지."

히비키는 마음속으로 꺄아~ 하고 비명을 지르면서 고개를 끄덕였다. 의심을 샀을까. 혹시 적으로 여기며 자신을 죽이려드는 건 아닐까. 그냥 확 도망치는 게…… 아니, 그래봤자 소용없다. 분명 따라잡히고 말 것이다. 그리고 신경 쓰이는 단어가 있었다. 『재조립』이라는 말은 대체 어떤 의미일까—.

"저기!"

그때, 아까부터 대화에 끼어들려고 하던 세 엠프티 중 한 명이 앞으로 나섰다.

"저는 당시에 그 자리에 있어서 장소를 기억해요. 괘, 괜찮으시다면! 제가 퀸을 안내해드리고 싶습니다만……!"

"그래? 그럼 안내를 부탁하죠(이렇게 되면 길안내를 받을 수밖에 없네~!)."

히비키는 등을 타고 땀이 흘러내리는 걸 느끼면서 고개를 끄덕였다.

그 소녀는 퀸이 자신에게 말을 걸어 준 게 기쁜지, 숨을 헐떡이며 복도를 내달리고 있었다.

"……부러워……."

다른 두 엠프티는 그런 소녀의 등을 노려보았다. 그 눈에는 끔찍한 질투라기보다 살의에 가까운 감정이 어려 있었다. 까딱 잘못했다간 히비키는 이 자리에서 바로 살해당할지도 모른다.

"그럼, 여왕님. 저는 임무를 수행해야 하니 이만 가보겠습니다."

"응. 잘 부탁해. 뒷일은 당신에게 맡기겠어요."

룩은 조용히 고개를 숙였다. 히비키는 이제 위기를 벗어났기를 빌면서 길안내를 해 주는 소녀의 뒤를 따랐다.

◇

“……그냥 기다리기만 하려니, 애가 타는군요…….”

쿠루미는 발로 벽을 계속 차며 그렇게 중얼거렸다. 또 한 명의 쿠루미는 약간 어이없다는 듯한 눈길로 그 광경을 쳐다보고 있었다.

“그렇게 걱정되나요?”

잠시 동안 침묵이 이어졌다.

“……예. 정말 걱정된답니다. 쿠루미Ⅱ호 양.”

“부탁이니까, 그런 호칭으로 저를 부르지 마세요.”

그녀가 인상을 찡그리자, 쿠루미는 약간 삐친 것처럼 고개를 돌렸다.

“저(당신)와, 저(저), 양쪽 다 토키사키 쿠루미이니 불편하군요.”

“……뭐, 보통은 불편하겠죠.”

쿠루미Ⅱ호는 어깨를 으쓱했다.

그렇다. 그녀의 말이 옳다. 같은 사람이 둘이나 존재하고, 같은 이름으로 부르니, 불편하기 그지없는 것이다. **천 명이 넘는다면 딱히 그렇지도 않겠지만 말이다.**

“방금 뭐라고 했죠?”

“딱히 아무 말도 안 했답니다. ……이곳을 벗어난다면 이름을 지어야겠군요. 저의, 저만의 이름을 말이에요."

◇

……아무래도 위기는 벗어난 것 같았다. 룩에게 등을 보였는데도 달려들지 않는데다, 포위망을 펼친 것 같지도 않았다.

"뭐 하나 물어봐도 되겠나?"

히비키는 신중하게 말을 고르면서 엠프티에게 질문을 던졌다.

"예, 뭐든 물어보세요!"

그녀는 순진무구한 표정을 지으며 히비키를 돌아보았다.

"……너는 지금 즐거운가?"

"예, 여왕님께 도움이 되고 있으니까요. 이것보다 더 즐거운 일은 없을 거예요!"

"그럼, 괜찮지만……."

정체가 들통나더라도 회유하는 것은 무리겠는걸, 하고 히비키는 생각했다.

"여왕님께서는 말씀하셨죠. 저희에게 살아갈 목적을 주겠다고 말이에요. 그때, 그 순간부터, 저라는 존재는 여왕님의 소유물이에요."

"그럼 내가 죽어달라고 하면 죽어 줄 거야?"

"물론이죠!"

—그 확고한 말을 들은 순간, 히비키는 자기 자신의 결의를 떠올렸다.

솔직히 말해, 히고로모 히비키는 토키사키 쿠루미에게 도움이 될 수 있다면 죽어도 상관없다고 생각하고 있다. 그 사람은 자신에게 은혜를 베풀었다. 사랑하는 친구의 원수를 갚아줬다. 그녀의 손에 죽어도 이상하지 않을 짓을 했는데도 용서해줬다. 게다가 그녀와 함께 있으면 너무나도 즐거웠다. 목숨이 오락가락하는 이 상황조차 사랑스럽게 느껴질 정도였다.

자신의 마음과, 눈앞에 있는 소녀의 광신도에 가까운 생각은 같은 게 아닐까?

"……퀸?"

"아무것도 아냐. 자, 갈까."

각자의 마음은 흐드러지게 꽃피었지만, 그것이 하나로 모아지지는 않는다. 하다못해 목숨을 잃기 전에 결론을 찾을 수 있기를, 히비키는 소망했다.

"—그런데, 저. 히고로모 히비키 양은 어떤 분이죠?"

쿠루미Ⅱ호가 쿠루미에게 물었다.

“으음, 그게…… 멋대로 저를 따라다니는 이라고 설명할 수밖에 없겠군요.”

“그런 이가 이 비나까지 온 건가요? 그녀는 저와 여왕의 싸움을 봤죠? 그렇다면…… 현격한 실력 차를 이해했을 텐데요. 그런데도 이런 장소에 숨어드는 건 자살행위나 다름없다는 것도 알고 있겠군요.”

쿠루미Ⅱ호의 말은 옳았다.

“……그래요. 뭐, 이런저런 일이 있었죠.”

“괜한 짐이 되지 않는다면 좋겠는데 말이죠.”

쿠루미Ⅱ호가 그렇게 말하자, 쿠루미는 스스로도 납득이 안 될 만큼 반감을 품었다.

“짐이 될 리가 없어요. 히비키 양이 있었기 때문에 저는 이 인계에서 살아남을 수 있었답니다. 그것만은 틀림없어요.”

첫 만남은 최악의 형태였지만, 그런데도 불구하고 히고로모 히비키는 토키사키(자신) 쿠루미에게 있어 소중한 존재가 됐다.

“그렇군요. 저와, 저(당신)는 이미 다른 존재군요.”

“그런가요?”

“예. 분신은 태어난 순간부터 자아가 확립된답니다. 과거의 정해진 시기에서 토키사키 쿠루미의 과거를 전부 체험한 상태이기에, 토키사키 쿠루미라 부를 수 있는 존재죠. 하지만, 사람의 마음은 쉽게 변하죠. 어느 순간의 분신이냐에 따라 조금씩 성격이 다르며, 삶을 영위하면 할수록 토키사키 쿠루미로서의 자아가 미묘하게 달라진답니다."

"……그게, 경험인가요?"

"저의 인생은 그 대부분이 퀸의 고문으로 가득 차 있답니다. 그래서 히고로모 양이 어째서 저(당신)에게 그렇게 마음을 연 것인지, 그와 동시에 당신(저)이 왜 그토록 그녀를 전폭적으로 신뢰하는 건지, 설령 기억을 공유하더라도 이해하지 못하겠죠."

"그런……가요?"

"하지만, 저희의 목적만큼은 망각해선 안 돼요. 그것을 잊는다면, 토키사키 쿠루미는 토키사키 쿠루미가 아니게 되니까요."

쿠루미Ⅱ호는 초췌한 표정으로 한숨을 내쉬었다.

"목적……."

옳은 말이다. 그 목적은 지금의 쿠루미(자신)에게도 명확하게 존재했다. 그것은 복수이자, 인과응보다. 아무리 기억을 잃더라도, **그녀를 타도한다**라는 결의만큼은 변하지 않는다. 아마, 이것이 모든 토키사키(분신) 쿠루미가 공통적으로 지닌 개념이리라.

하지만, 또 하나의 꿈이 있다. 그 사람을 만나고 싶다는 마음. 미칠 것만 같은 연심. 이것 또한 모든 토키사키 쿠루미가 품고 있는 꿈일까. 아니면, 이것은 자신만의 마음일까.

……눈앞의 그녀(자신)에게는, 무서워서 물어볼 수가 없었다.

"퀸은 케테르에서 뭘 하려는 걸까요?"

"인계를 멸망시키기 위해 필요한 무언가가 그곳에 있는 게 아닐까요?"

쿠루미들은 머리를 맞대고 생각에 잠겼다. 절대적인 힘을 지닌 퀸이라면 인계를 통일해서 지배하는 것도 가능할 것이다.

하지만, 퀸은 『인계를 멸망시킨다』고 말했다. 어떤 이유로? 무엇을 위해서?

"……늦군요."

쿠루미는 그녀의 말을 듣고 그대로 굳어버렸다. 히비키는 아직 돌아오지 않았다. 가짜라는 게 들통 나고 만 것일까?

"걱정하지 마세요. 다짜고짜 죽이지는 않을 테니까요."

그렇다. 히비키의 정체가 발각되더라도, 우선 포박할 것이다. 그 다음에는 심문을 당할 것이다. 그렇게 되면 바로 자백을 하라고 일러뒀다.

그 후에 어떻게 될지는 모르겠지만, 적어도 히비키가 살해당하는 것만큼은 피할 수 있으리라.

"……아까는 괜히 걱정거리를 늘릴 필요가 없을 것 같아 말하지 않았지만…… 퀸을 향한 엠프티들의 태도는 숭배를 넘어 광신도의 영역에 도달했어요."

"광신도……?"

"죽으라고 말하면 웃으면서 죽겠죠. 인격을 바꾸라고 말하면 주저 없이 바꿀 거예요. 그녀들은 그런 존재예요. 퀸에게 있어, 그녀들은 도구에 지나지 않지만, 엠프티들에게 있어 퀸은 여신이나 다름없는 거죠. ……정체가 들통 나면, 히고로모 양은 틀림없이 살해당할 거랍니다.”

쿠루미의 사슬이 철컹 하는 소리를 냈다. 쿠루미는 눈앞에 있는 상대를 물어죽일 듯한 표정을 지으며 고함을 질렀다.

“그런 이야기는 히비키 양이 가기 전에 말해줬어야죠!”

쿠루미Ⅱ호는 옅은 미소를 지으며 차갑기 그지없는 목소리로 대꾸했다.

“……그걸 알려준다고 달라질 게 있나요? 히고로모 양이 〈자프키엘〉을 손에 넣어야만 한다는 사실에는 변함이 없죠. 그리고 히고로모 양은 아마 알고 있었을 거랍니다. 엠프티들이 그런 존재라는 사실을 말이죠.”

“……히비키 양에게 무슨 일이 생긴다면, 두고 봐요. 『저』.”

“마음대로 하세요. 어차피 히고로모 양에게 무슨 일이 생긴다면 복수도, 벌도, 전부 물 건너갈 테니 말이에요.”

◇

보물고라 불리는 곳은 쿠루미Ⅱ호가 말한 것처럼 무기고에 가까운 장소였다. 누군가에게서 강탈했을 영장과 무명천사가 벽 쪽에 줄지어 놓여 있었다. 검, 창, 총, 도끼, 악기, 그리고 그 외에도 다양한 물건이 놓여 있었다. 언뜻 보기에는 잡다한 도구 같은 것도 있지만, 그것들은 하나같이 흉악한 병기였다.

……문제는, 원래 무명천사와 준정령은 둘이지만 하나의 존재다. 무명천사는 준정령의 정신적인 측면을 상징하는 것이기에, 타인의 것을 쓸 수 없다.

"하지만 머지않아……."

보물고로 안내해 준 엠프티는 흥분한 어조로 말했다.

"곧 있으면, 저희도 이 무명천사의 진정한 힘을 쓸 수 있게 되는 거죠?"

히비키는 그 말을 듣고 전율했다. 히비키의 〈킹 킬링〉 같은 특이능력을 사용하지 않는 한, 준정령은 타인의 무명천사를 쓸 수 없다. 무기로서 휘두르는 것이라면 가능하겠지만, 진정한 힘을 발휘할 수는 없는 것이다.

……하지만, 퀸은 그것을 뒤집으려 하는 것 같았다.

"그래요. 그때는 저를 위해 죽어 주세요."

말투가 좀 틀렸을지도 모른다고 생각하면서 그렇게 말하자, 아니나 다를까 이름 없는 소녀의 표정이 환해졌다.

"예, 물론이죠! 저희들, 엠프티는 퀸에게 도움이 됨으로써 생이 허락된 존재예요. 아아…… 벌써부터 그때가 기다려져요!"

히비키는 어금니를 깨물었다.

무언가를 전하고 싶었다. 목숨을 그렇게 함부로 버려선 안 된다, 목숨을 가볍게 여기고 있다 같은 당연한…… 그렇기에 소중한 무언가를 말이다.

하지만, 그것을 전한들 상대방이 절대 이해하지 못하리라는 사실을 알고 있었다. 그녀에게 의심을 살 뿐이며, 상대방이 공감해주는 상황이 벌어질 리가 없다.

"그래, 나에게 도움이 되어줬으면 한다."

그래서 히비키는 퀸이 할 법한 말을 적당히 읊조렸다.

현재 자신은 토키사키 쿠루미의 편이다. 눈앞에 있는 소녀와는 명백하게 적대관계인 것이다. 심호흡— 예전에 토키사키 쿠루미의 얼굴을 빌려, 데스 게임에 참가했을 때를 떠올렸다.

얼음 같은 마음으로 총을 거머쥐고, 열기를 띤 손으로 방아쇠를 당긴다.

"으음, 고풍스러운 총……. 이건가요? 퀸과 똑같이 생긴 준정령이 쓰던 무명천사……. 퀸의 무기에 비해 정말 볼품없게 생겼네요!"

"이 멍청이가 무슨 소리를 하는 거죠? 이 총은 초(超) 클래식하고 초 멋지고 초 쿨하단 말이에요. 이 껌딱지야. 플라스틱 권총 같은 건 애들 장난감이거든요? 총이면 나무와 철로 된 게 최고란 말이에요."

"예?"

엠프티가 눈을 동그랗게 떴다. 아차, 〈자프키엘〉에 대해 험담하는 걸 듣고 반사적으로 반박을 하고 말았다. 그것도 히비키의 말투로 말이다.

잠시 간의 침묵 후, 의미심장한 표정을 지은 히비키가 〈자프키엘〉을 우아한 손길로 매만지면서 중얼거렸다.

"……하고, 그녀라면 말하겠지……."

히비키는 제발 부탁이니 속아달라고 마음속으로 빌었다. 안 그러면 벽 쪽에 놓인 묵직해 보이는 해머로 그녀의 뒤통수를 힘껏 후려갈긴다는 해결책을 쓸 수밖에 없는 것이다.

"퀸은 유머 감각도 지니셨군요……!"

좋아, 속아 넘어갔어! 럭키~!

히비키는 마음속으로 환호성을 지르며 말했다.

"그럼 이 〈자프키엘〉을 가져가지. 머지않아 찾아올 그날에, 중요한 파편이 될 테니 말이야……."

히비키는 파편이니, 머지않아 찾아올 그날이니 같은 애매한 말을 입에 담으면서 〈자프키엘〉을 손에 쥐었다.

"예, 퀸의 뜻대로 하시길."

"고맙다."

그 순간, 엠프티가 〈자프키엘〉을 안아든 히비키를 망연자실한 표정으로 응시했다.

그녀의 눈동자는 허무로 가득 차 있었다.

"—왜, 그런 말씀을 하시는 거죠?"

"……어?"

"저희를 이용하고, 소모하는 건 퀸에게 있어 책무예요. 그리고 저희에게 있어서는 기쁨이죠. 그러니 퀸께서는 무슨 일이 있어도 저희에게 고마워하지 않아요. 전투에서 살아남은 걸 높이 평가하기는 해도, 절대 감사의 말을 건네지는 않아요. 아무것도 되지 못한 채 사라질 목숨을 이용해주시니, 감사해야 할 사람은 저희죠. 그런데…… 당신이 저희에게 고맙다는 말을 하다니……."

공허한 눈빛으로 그렇게 말한 소녀는 재빨리 반응했다. 벽에 걸려 있던 단창(短槍) 형태의 무명천사를 쥐고 그것으로 히비키를 겨눴다.

"가짜!"

하지만 히비키의 반응은 더욱 빨랐다. 애초부터 겉모습만 뜯어고친 상태이니 언제 발각당해도 이상하지 않았다. 그런 상황에서 계속 긴장하고 있던 히비키는 저 소녀보다 더욱 굳은 각오를 마음에 품고 있었던 것이다.

공중으로 도약해 엠프티가 내지른 단창을 피한 히비키는, 쿠루미가 부적 삼아 맡긴 탄환(그림자)을 〈자프키엘〉에 넣고 방아쇠를 당겼다.

히비키는 주저하지 않았다. 죽이지 않으면 죽을 것이며, 쿠루미 또한 목숨을 잃고 말 것이다. 히비키에게 있어 그것은 절대적인 금기다.

"……여, 왕……."

엠프티는 그 누구에게도 자신의 이름을 알리지 못한 채 스러졌다. 하지만, 그녀의 헌신은 보답 받았다. 울려 퍼진 총성이 비나 전체에 퍼져나가면서 비상사태가 발생했다는 사실을 알린 것이다.

즉, 들통 나고 말았다.

"……하아, 정말!"

히비키는 사라져 가는 이름 모를 엠프티를 힐끔 쳐다본 후, 전력으로 내달렸다.

◇

그 총성은 한참 떨어진 감옥 안에 있는 두 사람에게도 전해졌다.

"쐈군요."

몇 천, 몇 만 번이나 들어 귀에 익은 그 소리는 〈자프키엘〉의 총성이 틀림없었다. 아무리 미세한 소리일지라도 알아듣지 못할 리가 없다.

"누가 쏜 걸까요. 히비키 양? 아니면—."

후자일 경우, 최악의 상황이다. 전자일지라도, 이곳은 적지다. 총성을 내선 안 되는 것이다. ……즉, 히비키는 그것을 각오하며 방아쇠를 당긴 것이다.

그 정도로 궁지에 몰린 것이리라. 쿠루미는 불안감을 으스러뜨리려는 듯이 가슴에 손을 댔다. 가슴이 격렬하게 두방망이질치고 있었다.

발소리—.

전력으로 내달리는 소리가, 쿠루미의 귀에 전해졌다.

"다행이군요. 총을 쏜 사람은 히비키 양 같아요."

"어머, 『저』는 그걸 알 수 있나요?"

"예, 소리가—."

탁, 타탁. 남에게 매달리기 위해 필사적으로 잔달음질치고 있는 듯한, 그런 안타까운 발소리가 들렸다.

신기하게도, 쿠루미는 그 리드미컬한 발소리가 기분 좋게 느껴졌다.

"오래 기다리셨습니다! 〈자프키엘〉 1인분 나왔습니다~~~~!"

그렇기에, 묵직한 문을 박살내듯 열어젖히며 안으로 들어온 이가 히고로모 히비키라는 사실에도 쿠루미는 놀라지 않았다.

"괜찮나요?"

"아뇨! 하나도 괜찮지 않다고나 할까, 여기까지 죽자 살자 뛰어오느라 진짜로 죽는 줄 알았어요! 뒷일은 부탁드릴게요!"

쿠루미는 〈자프키엘〉을 넘겨받고 자신만만한 미소를 지었다. 손에 빨려드는 듯한 감촉이 느껴졌다. 총과 팔이 일체화되는 듯한 기분 좋은 느낌이 느껴졌다. 그림자가 탄환으로 변하더니, 음속의 속도로 사슬을 파괴했다.

"……대단하군요."

쿠루미Ⅱ호는 감탄 섞인 한숨을 내쉬었다. 확실히 고문을 받은 자신과 다르게, 그녀는 아직 퀸에게 딱 한 번 졌을 뿐이다. 〈자프키엘〉을 손에 넣으면 힘을 되찾을 수 있는 게 당연하지만, 그래도…….

"이래 봬도 저는 나름대로 죽을 고비를 헤치며 살아왔으니까요."

쿠루미는 고상하고, 우아하며, 또한 자신만만한 미소를 지었다.

"다 죽어가는 저 같은 건 두고 가세요. 아무래도 젓가락보다 무거운 건 들 수도 없을 것 같아요……."

"그런가요……. 그럼 아쉽지만 어쩔 수 없죠. 잘 지내세요. 자, 히비키 양. 가죠."

"어, 진짜로 두고 갈 생각인가요?"

"농담한 거랍니다."

"진심으로 두고 가려 한 듯한 느낌이 드는군요. ……빼앗긴 저의 『시간』이 이 영역의 어딘가에 존재할 거예요. 그것만 되찾는다면 『저』에게 도움이 될 수 있을 거랍니다. 게다가 이 영역에 대해 그나마 알고 있는 사람은 저뿐이잖아요?"

"진짜로 농담한 거랍니다. 그럼 잘 부탁드릴게요~."

쿠루미가 웃자, 쿠루미Ⅱ호도 덩달아 웃었다.

"……어머나, 『저』는 역시 저군요~."

"동감이에요~."

"자~, 쓸데없는 이야기는 이쯤에서 스톱하죠!"

히비키가 억지로 대화에 끼어들었다. 이렇게라도 하지 않으면, 위가 욱신거릴 정도로 화목한 살벌 토크가 영원토록 계속될 것 같았기 때문이다.

"맞는 말이군요. 자, 이 영역에서 반드시 탈출하는 거예요, 쿠루미Ⅱ호 양."

"예, 물론이죠. ……그리고 그 쿠루미Ⅱ호 양이라는 호칭 좀 쓰지 말아 주세요."

쿠루미는 자신만만하게 웃으면서 〈자프키엘〉의 방아쇠를 당겼다.

사슬이 산산조각 났다.

히비키는 천천히 몸을 일으킨 쿠루미Ⅱ호를 부축하려 했지만, 그녀는 도움을 거절했다.

"오랜만에 자기 발로 걷고 싶군요."

히비키는 그 말을 듣고 물러설 수밖에 없었다. 쿠루미Ⅱ호는 천천히, 하지만 단호하게 걸음을 내디뎠다.

……두 걸음, 세 걸음.

"무리군요."

금세 한계에 도달한 것 같았다. 쿠루미는 한숨을 내쉬면서, 그녀를 향해 〈자프키엘〉을 들었다.

"어쩔 수 없군요. 【달렛】을 써서 바로 복원하겠어요."

쿠루미는 방아쇠를 당겼다.

【달렛】— 그 능력은 시간을 되감아 복원 및 회귀시키는

것이다. 부상은 치유되고, 망가진 것은 원래대로 되돌아간다. 하지만—.

"어머? ……어째서, 죠?"

쿠루미Ⅱ호의 상처는 낫지 않았다. 그녀는 힘없이 웃으며 말했다.

"유감스럽지만, 이 상처는 고칠 수 없어요. 상처를 입은 지 너무 오래되었기 때문인지, 아니면 시간을 빼앗겼기 때문인지는 모르겠지만 말이죠. 저는 『시간』을 되찾지 않는 한, 전투를 치를 수 없어요. 사슬에서 벗어나면 괜찮을지도 모른다고 생각했지만…… 역시 무리였나 보군요."

잠시 동안 침묵이 이어졌다. 쓸쓸히 웃고 있는 소녀의 얼굴은 방금 그 말이 진실이라는 사실을 가리키고 있었다.

"……그런, 가요."

동정은 하지 않는다. 해봤자 의미가 없다.

필요한 것은 긍정적인 생각이다. 방금 그 말을 하고 힘이 다한 건지 무너지듯 주저앉은 쿠루미Ⅱ호를 향해 「어쩔 수 없군요」라고 말한 쿠루미는 한숨을 내쉬며 히비키에게 눈짓을 보냈다.

"히비키 양, 이쪽의 『저』는 걷는 것도 힘든 것 같아요. 좀 업어주지 않겠어요?"

"예, 알았어요~!"

"아아, 굴욕적이군요……."

히비키는 가볍게 쿠루미Ⅱ호를 업고 쿠루미의 뒤편에 섰다. 단총과 장총을 쥔 쿠루미는 심호흡을 했다.

"그럼— 돌격하겠어요!"

두꺼운 철제문을 걷어찬 토키사키 쿠루미는 그대로 감옥 밖으로 뛰쳐나갔다. 그런 쿠루미가 본 것은 자신의 무명천사를 쥐고 대기하고 있던 순진무구한 병사(폰)들이었다.

"엠프티……."

침묵에 잠긴 그들의 얼굴은 마치 가면이라도 쓴 것처럼 무표정했다. 공포도, 환희도 느껴지지 않으며, 그저 소모당하기 위해 이곳에 온 것 같았다. 유심히 보니 전투 타입이 아닌 무명천사를 든 이도 있었다.

아마 간단히 쓸어버릴 수 있으리라.

"일단 경고는 해두도록 할까요. ……방해하려 든다면 봐주지 않겠어요. 알겠죠? **절대 봐주지 않을 거예요.**"

그 말에 반응한 것처럼, 엠프티들이 일제히 달려들었고—.

또한 아무것도 못한 채 쓸려나갔다.

"탄환조차 아깝군요. 졸개면 졸개답게, 빨리 사라지세요."

〈시간을 먹는 성〉이 그녀들의 시간을 빨아들였다. 엠프티들은 저항 한 번 제대로 못해본 채 그대로 스러졌다.

"……엠프티는…… 보유하고 있는 시간 자체가 얼마 안 되죠……."

쿠루미Ⅱ호가 중얼거렸다.

그녀들은 빈껍데기 준정령이다. 구멍 난 통이나 마찬가지로, 그냥 내버려두기만 해도 죽고 마는 약해빠진 생명체인 것이다.

쿠루미 또한 그 점을 알면서도, 그녀들에게서 시간을 빨아들였다.

"퀸을 따른 이상, 이 결말조차 엠프티들이 자초한 거예요. ……적이 된 게 안타깝기는 하지만, 봐주지는 않을 거예요."

저들과 마찬가지로 빈껍데기였는데도 살아남은 소녀를, 쿠루미는 알고 있다. 그렇다면 세뇌에 가까운 상태일지라도, 이것은 엠프티들이 자초한 결말인 것이다.

그녀들은 퀸의 편에 섰다.

그녀의 사상을 알면서도, 쿠루미의 적이 되어 무기를 쥐는 길을 선택한 것이다.

그렇다면, 쿠루미는 봐주지 않는다. 마음이 욱신거렸지만, 그것은 참으면 된다. 저들이 광신도라면, 자신은 사랑에 빠진 소녀다.

"……우선 탈출하도록 하죠. 룩과 비숍, 나이트와 마주칠 바에야 탈출을 해서 재정비를 하는 편이 나을 테니까요. 이 성 안에서 도망 다녀 봤자 부질없는 짓이에요. 적을 쓰러뜨릴 영력과 무기, 그리고 작전을 준비하는 게 우선이에요."

"찬성이에요~! 저, 히고로모 히비키의 위기 감지 센서가 마구 울리고 있거든요! 한시라도 빨리 여기를 벗어나는 걸

추천할게요!"

물론 쿠루미도 그럴 작정이다. 현실적으로 생각해 볼 때, 자신이 고문을 당해 능력을 빼앗기고 죽는 것이 이 인계에 더 큰 화를 초래할 가능성이 있는 것이다.

"아무튼 히비키 양이 워프존 같은 걸 통과해 도착한 지점으로 가보죠. 뭔가 단서가 있을지도—."

그 순간, 성이 흔들렸다. 컴파일이 일어난 거라고 생각한 쿠루미 일행은 긴장했지만, 복도가 출렁거리는 것을 보고 컴파일이 아니라는 걸 눈치챘다.

"무슨 일이죠……?!"

"아차, 재조립이에요……! 『저』, 떨어지지 마세요!"

쿠루미Ⅱ호가 절규를 내지른 순간, 쿠루미는 주저 없이 히비키의 손을 잡았다. 바닥이 뒤흔들리면서, 거친 바다에서 쪽배를 타고 있는 듯한 기분을 맛봤다.

"이게 대체 어떻게 된 거죠?!"

"재조립! 지금, 이 성의 내부는 완전히 뒤바뀌고 있어요! 분단되었다간 다시는 만나지 못할 수도 있어요. 절대 떨어지면 안 된답니다!"

"아, 알았어요!"

방금까지 눈앞에 있던 복도가 엘리베이터처럼 힘차게 상승하더니, 벽이 생겨났다. 조금만 타이밍이 어긋났다면, 쿠루미와 히비키 일행은 분단되고 말았을 것이다.

"그리고 히고로모 양!"

"아, 예! 왜 그러세요?! 또 한 명의 쿠루미 양!"

"저…… 몸이 약해진 탓에…… 토할 것…… 같아요……!"

쿠루미Ⅱ호가 힘없는 목소리로 그렇게 말하자, 히비키의 안색이 하얗게 질렸다.

"그것만은 무슨 일이 있어도 참~아~주~세~요~!"

○메이즈 프리즌

10분 정도 시간이 흘렀다.

……일단 쿠루미Ⅱ호의 존엄은 지켜졌고, 히비키의 영장도 더러워지지 않았다.

이내 진동은 잦아들었으며, 정적을 되찾았다. 아까까지만 해도 눈앞에는 통로가 있었지만, 지금은 벽이 생겨나 있었다. 그 대신, 오른편에는 방금까지 없었던 통로가 생겨났다. 두 사람이 멍하니 있는 사이, 쿠루미Ⅱ호가 마음이 진정됐는지 안도의 한숨을 토했다.

"방금 그건…… 대체 뭐죠……?"

"이 성은 네 사람의 권능을 통해, 영역의 재조립이 가능하답니다."

"그렇다면 컴파일과는 다른…… 거군요?"

"그것은 정령(외부)으로부터의 간섭이지만, 이것은 내부에서 자유자재로 조립하는 것이랍니다. 퀸이 비나의 대부분을 지배하고 있기에 가능한 거죠."

"아하! 쿠루미 씨, 말쿠트에서 『돌마스터』가 학교에서 살고 있었잖아요? 그것의 강화판이라고 생각해주세요. 도미니언에게 주어지는 특전 같은 거예요."

『돌마스터』가 학교를 만들어 냈던 것처럼, 퀸과 세 간부는 비나 전역을 뜯어고칠 수가 있는 것이다.

"대략적으로는 이해가 됐어요. 하지만 재조립이 발생했다는 건—."

쿠루미Ⅱ호는 고개를 끄덕였다.

"룩, 혹은 다른 두 사람이 손을 쓴 거겠죠. 아무튼, **절대 놓치지 않겠다**는 뜻일 거랍니다."

"하지만 덕분에 중요한 사실이 판명됐어요! 저희는 탈출할 수 있어요! 아마도요! 분명히요!"

히비키는 밝은 목소리로 그렇게 말했다.

"……애초에 저희가 도망칠 수 없는 환경이었다면, 이렇게 뜯어고칠 필요가 없었겠죠. 그리고 저희가 어디에 있는지 파악하고 있다면, 차근차근 막다른 곳으로 몰면 될 테니까요."

"제가 여기서 고문을 받기 시작한 후로 정기적으로 재조립이 발생한 건 다섯 번, 긴급 상황에서의 재조립은 이번을 제외하면 두 번 뿐이었어요. 이 비나의 예전 도미니언이 쳐들어왔을 때였죠. 아마 보물고나 『시간』 보관고가 어지럽혀지는 걸 방지하기 위해 손을 쓴 걸 거예요."

정기적인 재조립의 경우, 퀸과 세 간부는 영역의 구조를 파악하고 있는 것 같지만, 긴급시의 재조립은 꼭 은닉해야 하는 일부 장소를 제외하고는 파악하지 못한다— 감금되어 있던 토키사키 쿠루미는 엠프티들과 세 간부의 잡담을 엿들으며 그렇게 추측했다.

"그것만이 아니랍니다. 아마 지금 이 영역에는…… 어머,

종소리네요?”

딩동댕동~ 하고 긴장감이라고는 눈곱만큼도 없는 종소리가 복도에 울려 퍼졌다.

《방송부에서 알려드립니다~♪ 토키사키 쿠루미 두 명이 탈주한 바람에 룩 님께서 비나의 긴급 재조립을 실시하셨습니다♪ 엠프티들은 즉시 무명천사를 들고 집결하세요♪ 꼭 그 두 사람을 잡아오는 거예요♪ 아, 그리고 협력자는 죽여도 괜찮아요♪ 퀸이 티파레트에서 귀환하실 때까지 두 시간 남았어요♪ 자, 여러분♪ 열심히 싸우고, 열심히 죽으세요♪》

세 사람은 잠시 동안 침묵에 잠긴 채 방금 들린 그 어이없는 안내방송의 의미를 생각했다.

“……시간을 벌려는 거겠죠?”

히비키가 그렇게 말하자, 쿠루미Ⅱ호는 고개를 끄덕였다.

“저(당신)에게 듣자하니, 룩에게는 한 번 이겼다면서요? 하지만 나름대로 고전을 면치 못했다고…….”

“예, 그렇답니다. 창 양과 히비키 양이 없었다면 졌을지도 몰라요.”

“하지만 이긴 것은 엄연한 사실이죠. 게다가 지금은 저도 있어요. 룩 입장에서 본다면, 승률은 반반 정도로 여기고 있을지도 모르겠군요. 게다가 승리 조건 또한 그때와는 달라요. 룩은 저희와 싸워서 이길 뿐만 아니라 포박도 해야 하지만, 저희는 다른 영역으로 이어지는 문을 찾아서 뛰어들기만 하면 되니까요."

쿠루미도 그 말이 옳다고 생각하며 고개를 끄덕였다. 룩은 자신들 세 사람을 두려워하고 있다. —싸웠다가 자신이 도리어 당하거나, 혹은 놓칠지도 모른다고 여기는 것이다.

"그러니 시간을 벌려는 거죠. ……부아가 치미는 일이지만, 저희는 룩에게 이길 수 있을지는 몰라도, 퀸을 쓰러뜨리는 건 무리니까요."

그렇다. 이것은 부재중인 퀸이 돌아올 때까지 펼쳐지는 게임이다. 쿠루미 일행이 도망치거나, 혹은 상대에게 잡히느냐를 걸고 펼치는 승부인 것이다.

"……으음, 이렇게 하던가요?"

쿠루미는 눈을 감고 정신을 집중해서 회중시계를 소환했다.

인계에서 무기물을 만들어 내는 것은 조건만 만족시킨다면 손쉽게 가능하다. 준정령을 죽이거나, 이 영역을 파괴하는 무기를 만들어 내는 것은 어렵지만, 시계 같은 것은 손쉽게 만들어 낼 수 있다.

쿠루미는 뚜껑을 열어서 회중시계가 시간을 새기고 있다는 것을 확인한 후, 다른 두 사람에게 말했다.

"아까 그 안내방송이 사실이라면, 저희에게 주어진 시간은 두 시간 뿐이에요. 두 시간 안에 이 비나에서 탈출하도록 하죠. 무슨 수를 써서라도 말이에요. 알았죠?"

"물론이죠! 쿠루미 씨만 믿을게요~!"

"……『시간』도 찾아봐 주세요. 그것만 있으면, 저도 도움이 될 수 있을 거예요."

세 사람은 서로를 쳐다보며 고개를 끄덕인 후, 어디로 이어지는지도 모르는 복도를 걸었다. 바닥과 벽이 새하얗고, 창문이 없는 무기질적인 길이 이어졌다.

"아~, 눈이 따끔거려요~."

히비키가 눈을 비볐다. 쿠루미도 그 말에 동의했다. 눈이 너무 부셨다. 사방팔방이 눈부셨다. 이 빛이 퀸의 절대왕정을 상징하는 것만 같았다.

마음 같아서는 전부 파괴하고 싶다. 하지만 탄환(시간)은 유한하며, 토키사키 쿠루미의 〈자프키엘〉은 파괴력이라는 면에서 다른 천사에게 약간 밀리는 경향이 있었다.

"히비키 양. 그거, 뭐였죠? 펑! 하는 거 말이에요. 그걸 써 주세요."

"펑? ……아, 혹시 영정폭약(니트로드레스)(靈晶爆藥) 말인가요?"

"예. 당신이 말쿠트에서 마을 절반을 날려버렸던 그것 말이에요."

"이야~, 다 떨어졌어요. 만약 남아 있었다면 룩과 싸울 때 썼을 거예요."

"어머나, 히고로모 양은 보기보다 과격한 분이군요……."

"노력했거든요! 엄청 노력했어요! 티파레트에서 무명천사를 팔아치워서 손에 넣은 돈으로 샀어요! 그것만으로 모자라서 도박도 했다니까요! 그렇게 **후끈한** 마작은 처음이었어요! 백패(白牌)가 쏙 들어와서 역만이 완성됐을 때는 실신하는 줄 알았어요!"

"대체 뭐하고 다닌 거예요. 그것보다, 진짜 못하는 게 없네요……."

쿠루미는 어이없다는 듯이 웃었고, 쿠루미Ⅱ호는 눈을 동그랗게 떴다. 폐쇄적인 환경에서 오랫동안 지낸 쿠루미가 보기에, 또 한 명의 쿠루미가 짓고 있는 미소는 믿기지 않을 정도로 자연스러웠다.

자신의 불우한 처지를 한탄하는 것에도 슬슬 질렸지만, 그래도 부당하다는 생각이 들 수밖에 없었다.

"당신들은 대체 어떻게 만났죠?"

"아~, 그게 말이죠—."

"저는 히비키 양에게 얼굴과 몸과 기억과 능력을 전부 빼앗겼답니다."

"……예?"

쿠루미Ⅱ호는 자신이 더 불행하다고 생각했지만…….

방금 그 말을 듣고 그녀가 딱딱하게 얼어붙은 가운데, 쿠루미와 히비키는 밝은 목소리로 이야기를 나눴다.

"이야~, 그때는 진짜로 잘못했다고 생각해요! 지금도요!"

"생각만 하는 건가요? 저, 당신에게— 아니, 정확하게는 당신이 된『저』에게 독설을 배터지게 듣고, 배틀 마니아들의

사투에 휘말린 걸로 모자라, 미끼로 쓰이기까지 했거든요? 지금 생각해도 정말 악몽 같은 일이군요."

"그게, 저는 쿠루미 씨의 사고방식을 베껴서 행동했을 뿐이에요. 그러니 쿠루미 씨의 언동에 대한 책임을 질 수 없다고나 할까요?"

"짜~증~이~ 마~구~ 치~솟~네~요~."

"꺄아~, 볼을 잡아당기지 마세요~!"

"……사이가 참 좋네요."

"사이좋지 않아요." "좋지 않아요~♪"

히비키가 쿠루미와 타이밍을 맞춰 그렇게 말했다. 그러자 쿠루미는 또다시 히비키의 볼을 잡아당겼다. 쿠루미Ⅱ호는 한순간 느꼈던 질투심마저 망각하며 웃음을 흘렸다.

쿠루미Ⅱ호는 한참을 웃은 후에 이렇게 말했다.

"잘 들으세요, 저. 이 비나는 동화(메르헨) 와 공포(호러)가 뒤섞인, 악취미에 악랄한 장소예요. 여왕은 엠프티를 마음대로 이용하는 것만으로도 모자라, 온갖 실험에 모르모트로 이용했답니다."

준정령에게 있어 엠프티는 개체이자 개체가 아니다. 감정도 희박하며, 사라지는 것에 대한 공포도 느끼지 않는다. 마을 안에서 마주쳐도 무시하거나, 혹은 심하게 학대한다. 예소드의 모모조노 마유카처럼 말이다.

하지만 퀸은 그것보다 한 걸음 더 나아갔다고 한다.

반복된 실험에 의해 승화(昇華)된 엠프티, 그리고 괴이한 형태로 변한 엠프티를, 퀸은 눈 하나 깜짝하지 않으며 쳐다보았다.

……아니, 실험이 성공할 때마다 『한 걸음 더 나아갔다』는 듯이 옅은 미소를 짓는 그녀가 무시무시하다고 쿠루미Ⅱ호는 생각했다.

그것은 조금씩 다가오고 있는 사악(邪惡)이자, 자신과는 명백하게 별개의 생물이라는 확신을 가질 수 있는, 그런 미소였다—.

"역시 반전체답게 저와는 취향이 정반대군요."

쿠루미가 고개를 끄덕이며 그렇게 말하자, 히비키는 어이가 없다는 표정으로 입을 열었다.

"어, 이 정령(사람)이 말도 안 되는 소리를 늘어놓네요."

히비키가 중얼거린 말을 들은 쿠루미가 만면에 미소를 지으며 그녀에게 헤드락을 걸었다.

"잘못했어요, 잘못했어요, 잘못했어요! 너무 웃기는 발언이라 무심코 입을 잘못 놀렸어요! 꺄아아아!"

"……아무튼, 빨리 이동하도록 하죠."

히비키에게 업힌 쿠루미Ⅱ호가 어이없다는 듯한 어조로 그렇게 중얼거렸다.

◇

엠프티들은 아직 나타나지 않았다. 세 사람은 발소리를 내는 것을 개의치 않으며, 그야말로 경쾌하게 내달렸다. 눈부신 장식품 — 항아리나 꽃병 — 이 곳곳에 놓여 있지만, 항아리 안에는 아무것도 들어 있지 않았으며, 꽃병에도 꽃이 꽂혀 있지 않았다. 장식을 했다기보다 그냥 놔뒀을 뿐……인 듯한 느낌이었다.

세 사람은 새하얀 직선 통로를 하염없이 나아가다, 드디어 모퉁이에 도착했다.

"이 모퉁이 너머는 아마 재조립된 장소일 거예요."

재조립이란 영역을 100여개의 파츠로 분해해서 이동시키는 권능이다. 하지만 이번 재조립은 급하게 실시됐다. 아마 중요한 장소를 제외한 대부분의 파츠는 엉망으로 설치되었을 것이라는 게 쿠루미Ⅱ호의 생각이었다.

하지만 그 점을 고려하더라도— 눈길을 빼앗기고 말 광경이 모퉁이를 돌자 눈앞에 펼쳐졌다.

"꽃밭……인가요."

꽃, 꽃, 꽃. 흐드러지게 핀 꽃이 대지를 뒤덮고 있었다. 붉은색과 노란색과 흰색의 홍수가 일어난 것 같았다.

"여기서 밖으로 탈출할 수는 없을까요~?"

히비키의 물음에 쿠루미는 지면을 박차며 도약했다. 하지만 곧 탈출이 무리라는 사실을 깨달았다. 일정 높이 이상 뛰어오르자, 하늘이 갑자기 단단한 고무 같은 감촉으로 변하면서 더는 나아갈 수 없었던 것이다.

체념하고 착지한 쿠루미는 한숨을 내쉬었다.

"무리군요. 가짜 하늘, 가짜 대지예요."

"뭐, 일이 그렇게 쉽게 풀릴 리가 없죠."

히비키는 쓴웃음을 지었다. 이 장소에 대해 두 사람이 머리를 쥐어짜며 생각하고 있을 때, 히비키의 등에서 내린 쿠루미Ⅱ호가 꽃 한 송이를 꺾었다.

"퀸도 꽃을 좋아하나요?"

쿠루미가 묻자, 쿠루미Ⅱ호는 고개를 저었다.

"아뇨. 그녀는 아까 전의 건물처럼 인공물을 좋아하고 자연을 기피해요. 이런 꽃을 사랑할 리가 없죠. 아마…… 분명, 이 비나에 성이 세워지기 전부터 존재한 꽃밭일 거예요."

그녀는 손가락으로 꽃잎을 매만지며…… 미소 지었다. 쿠루미는 그 모습을 기이하다는 듯이 응시했다. 자신에게는 꽃을 사랑할 여유도, 그리고 그런 취미도 없다. 하지만 이 쿠루미(쿠루미Ⅱ호)는 꽃을 애지중지 쓰다듬고 있었다.

그 모습은 너무나도 가련하고, 우아해서, 자신들이 쫓기고 있는 상황이라는 것을 한순간 망각할 뻔했다.

"……빨리 가죠."

쿠루미는 흠흠, 하고 헛기침을 하며 그렇게 말했다. 그러자 눈앞의 소녀가 고개를 저었다.

"아뇨, 그 전에 정해야 할 게 있어요."

멈춰선 소녀가 시원시원한 미소를 지으며 입을 열었다.

"저의 이름을, 지금, 이 자리에서 정하겠어요."

"……『저』?"

"—시스터스(Cistus)로 할까 해요. 발음이 참 아름답지 않나요?"

쿠루미**였던** 소녀는 자신의 새로운 이름을 밝혔다. 시스터스, 반일화(半日花)라고 불리는 꽃은 꾸밈없는 순백의 꽃잎을 아름답게 피우고 있었다.

아름다운 꽃이며, 아름다운 이름이었다.

"괜찮겠어요?"

"예. 때로는 자기 이름을 버리는…… 그런 개체가 있어도 괜찮지 않겠어요?"

시스터스는 흐드러지게 핀 꽃을 꺾어서 하늘을 향해 던졌다. 부드러운 바람이 꽃잎을 희롱했다. 그리고 기적이 일어난 것인지, 토키사키 쿠루미가 자신의 이름을 시스터스로 바꾼 것과 동시에 영장이 상큼한 노란색으로 변했다.

히비키도, 그리고 쿠루미도…… 그런 덧없는 느낌마저 감도는 그녀에게서 눈을 떼지 못했다.

"……뭐, 딱히 상관은 없답니다."

"시스터스…… 자매(시스터)…… 쿠루미 언니인가요. 좋네요. 어쩌면 쿠루미 씨에게 『언니』라고 불릴지도…… 좋아요. 정말 좋아요…….”

그리고 흉흉한 생각에 잠겨 있던 히비키에게는 일단 따끔한 맛을 보여주기로 했다(목을 졸라서).

—남은 시간 1시간 40분

◇

서둘러 걸음을 옮길 때마다, 꽃이 줄기째로 꺾였다.

“마음이 좀 편치 않네요……!”

“괜찮답니다. 지금은 자신의 안위를 최우선으로 해야 할 때니까요.”

무한히 이어질 것 같던 꽃밭이 언덕을 한두 개 정도 지났을 즈음부터 변화하기 시작했다.

“저기 좀 보세요! 저런 곳에 문이 있어요!”

“정말 동화 속 세계 같네요…….”

세 번째 언덕 위에 문이 있었다. 물론 그 문에 이어진 공간은 존재하지 않았다. 그 너머에는 끝없이 펼쳐진 꽃밭만이 존재했다.

이 문은 아마 퀸의 성으로 이어져 있으리라. 다시 전장으로 돌아가기 위한 문인 것이다.

“그럼, 제가—.”

문손잡이를 쥐자, 차가운 감촉이 느껴졌다. 그 감촉이 손만이 아니라 온몸, 특히 목덜미를 쓰다듬는 듯한 느낌이 들었다.

"……."

쿠루미는 다시 문을 쳐다보았다. 광택이 나는 목제 문이다. 인상적인 점은 문이 커다란 시계판 같은 형태를 하고 있다는 점이다.

"쿠루미 씨~?"

"크흠."

히비키의 부름에 헛기침을 한 번 했다.

"……실례."

쿠루미는 다시 한 번 더 언덕 위에 있는 **평범한** 문을 유심히 관찰했다. 퀸의 눈동자에 존재하던 그 빌어먹을 천문시계가 문 윗부분에 박혀 있었다. 그 시계는 움직이지 않고 있었다.

쿠루미는 신중하게 문에 손을 댔다. ……혹시나 하는 마음에 문 뒤편도 확인했다. 초침, 분침, 그리고 별자리를 가리키는 바늘도 만져봤다. ―그러나 아무 일도 일어나지 않았다.

죽음을 접하고 있는 듯한 느낌은 들지 않았다. 하지만 뭐랄까, 말로 형용하기 힘든, 그런 모독적인 예감이 엄습했다. 이대로 나아갔다간, 방금까지의 진지한(시리어스) 분위기는 전부 박살이 나고 말 듯한, 혹은 나지 않을 듯한, 그런 확신이 들었다.

"안 갈 건가요?"

시스터스가 등 뒤에서 그렇게 말하자, 쿠루미는 크게 심호흡을 했다.

"……가겠어요."

쿠루미는 괜찮을 거라고 자기 자신을 향해 되뇌듯 말했다.

함정이라면 【달렛】으로 시간을 되감거나, 【일곱 번째(자인) 탄환】으로 강제 정지시킨 다음에 처리하면 된다. 추락 함정 같은 타입이라면 【알레프】로 대처할 수 있을 것이다.

"이얍!"

쿠루미는 원형 문손잡이를 쥐고 돌렸다. 그러자, 불가사의한 일이 일어났다. 시계판의 바늘이 문손잡이와 연동되는 것처럼 움직이기 시작한 것이다.

"어머."

"어라?"

"어머, 어머?"

세 사람이 각기 다른 목소리를 냈다.

문 너머에 존재한 것은 거인의 방이었다. 방 한가운데에는 쿠루미가 올려다봐야 할 만큼 커다란 테이블과 의자가 놓여 있었다.

바닥을 박차며 도약해 테이블 위로 올라가보니, 그곳에는 흰색 찻잔과 은색 찻주전자가 놓여 있었다. 티타임이라도 가지라는 걸까.

쿠루미는 한숨을 내쉬면서 테이블 아래로 내려갔다.

"어이가 없군요."

뒤를 돌아본 쿠루미는 그렇게 말하면서 웃었지만, 시스터스와 히비키의 기묘한 표정과 상태를 보고 그대로 얼어붙었다.

"어, 어……."

"왜, 왜……."

심호흡을 한 후, 쿠루미와 히비키는 서로의 생각을 입 밖으로 토했다.

"어째서, 두 싸람 다 그러케 『거때화』된 꺼죠?!"

"왜, 왜 쿠루미 씨는 그렇게 조그마해진 건데요?!"

서로를 응시했다.

쿠루미는 히비키가 입에 담은 말의 의미를 곱씹고, 이해한 후, 허둥지둥 자신의 손을 쳐다보았다.

작았다. 매우, 정말, 엄청, 조그마했다.

말랑말랑했다. 몸 전체가 말이다.

쿠루미는 허둥지둥 테이블로 뛰어가더니 그대로 점프했다. 그리고 은제 찻주전자를 거울 삼아 자신의 모습을 비춰 봤다.

"아, 아, 아니……."

절규조차 지르지 못하는 쿠루미, 아니 꼬마 쿠루미(일곱 살)는 그 자리에서 무너지듯 무릎을 꿇었다.

그리고 부들부들 떨면서 자신의 옷을 확인했다. 영장, 영장은…… 무사했다! 헐렁헐렁해지지 않았다. 자신의 현재 몸에 맞는 사이즈로 변한 상태였다. 느닷없이 알몸이 되지는 않았다.

참고로 방이 거대해 보인 것도 자신의 몸이 작아졌기 때문인 건지 의심했지만, 그런 게 아니라 방 전체가 거대한 것 같았다. 줄자를 만들어서 재어보니, 의자는 높이 10미터, 은제 찻주전자는 높이 2미터 50센티미터, 백자로 된 찻잔은 1미터 정도 되는 것 같았다.

이 거대한 방도 신경이 쓰이지만, 지금은 세 사람 중에서 가장 전투능력이 뛰어난 토키사키 쿠루미가 약체화되었다는 사실이 가장 큰 문제였다.

가장 큰 문제, 지만…….

그것보다 더 큰 위험이 쿠루미를 덮치려 하고 있었다.

◇

"큰일 났네…… 큰일 났네…… 큰일 났네……."

어쩐지 기분 나쁜 목소리로 낮게 중얼거리면서 꼬마 쿠루미에게 뺨을 비비고 있는 이는 바로 히고로모 히비키였다.

평소 같으면 〈자프키엘〉을 쏘거나 턱에 어퍼컷을 꽂거나 관절기를 날리며 쿠루미가 저항했겠지만, 꼬마 쿠루미가 되며 충격을 받은 탓에 그녀는 죽은 생선 같은 눈빛을 띤 채 그냥 당하고 있었다.

"꼬맹이가 돼써요……. 저, 꼬맹이가 되어버려써요……."

"……곤란하게 됐군요……."

시스터스는 어이없어 하면서도 그 처절하면서도 음산한 광경을 응시하고 있었다.

솔직히 말해 그것은 소녀가 어린 여자아이에게 애정표현을 해대고 있는 지옥도나 다름없었다.

"어, 어떠케 하죠……. 어떠케 하죠……."

"쿠루미 양, 사고능력은 어떻죠?"

"아~, 웅~ 괜차는 거 가타요. 머리쏙은 멀쩡해요."

목소리도 겉모습에 맞춰 앳되어졌지만, 사고능력은 예전 그대로인 것 같았다.

"아아, 너무 귀여워……. 귀여워……. 가둬두고 영원토록 귀여워해 주고 싶어."

"쩌기, 『저』. 히비키 양이 정신쭐을 노은 것 가트니 저 대신 쮜어박아주지 않게써요?"

"알았어요~."

시스터스는 단총을 건네받고는 히비키를 힘껏 두들겨 팼다.

"덕분에 정신을 차렸네요. 고마워요."

"아뇨, 별것 아니랍니다."

히비키는 두 눈이 하트가 되어 있던 상태에서 눈 하나만 하트인 상태가 됐지만(참고로 머리에서 피가 줄줄 흘러내리고 있었다), 일단 대화를 나눌 수는 있는 것 같았다.

"……그건 그렇고, 문손잡이를 잡자마자 다짜고짜 이렇게 되어버렸군요. 이럴 줄 알았으면 히고로모 양에게 앞장을 서게 할 걸 그랬군요……."

"그래써야 해써요."

"너무한 거 아니에요?!"

시스터스는 단총을 돌려준 후, 어려진 쿠루미에게 물었다.

"〈자프키엘〉은 쓸 수 있나요?"

그 말을 들은 어려진 쿠루미, 일명 영(young) 쿠루미의 얼굴이 창백해졌다. 〈자프키엘〉을 쓸 수 없다면, 그녀들은 무력(無力) 그 자체라 해도 과언이 아닌 것이다.

"……【알레프】!"

영 쿠루미는 자신을 향해 탄환을 쏴서 시간을 가속시켰다. 그리고 근처에 있던 흰색 찻잔을 걷어찬 후, 단총으로 속사(速射)를 펼쳤다.

"……일딴 쓸 수는 이써요. 하찌만 큰일 나써요. 〈자쁘키엘〉이 너무 커요."

쿠루미는 두 자루의 총을 사용한다. 하지만 영 쿠루미 상태에서는 총 한 자루를 양손으로 들고 쏘는 게 한계였다.

게다가 장총 쪽은 무거워서 제대로 쓸 수가 없었다.

"그럼 제가 쓰죠."

"그러케 쇄약해진 상태에서 제때로 쓸 수 있게써요?"

"뭐, 일단 보세요."

시스터스는 자신만만한 미소를 지으며 장총을 우아하게 한손으로 쥐더니, 방아쇠를 당겼다. 펑 하는 소리를 내면서 은제 찻주전자에 탄환이 명중했지만, 구멍은 고사하고 미동조차 하지 않았다.

"지금의 저에게는 이게 한계랍니다……."

"왜 폼 자브면서 그런 소리를 늘러놓는 거죠?! 그리고 저(당신), 겨우 한 방 쏘고 **빈사** 상태가 돼잖아요! 바뽀인가요?!"

〈자프키엘〉으로 일반적인 탄환을 쏘면 시간을 소모하지는 않지만, 빈사 상태인 시스터스는 총을 쏜다는 행위 자체가 치명적으로 작용하는 것 같았다.

"쿠루미 일족은 때때로 엄청 치명적일 정도로 얼간이가 되는군요……."

"주꼬 씹나 보꾼요."

영 쿠루미가 혼신의 힘을 다해 날린 로우킥이 히비키의 정강이에 꽂혔다.

"……쩡말, 꼰란하게 됀네요."

팔짱을 낀 영 쿠루미가 가라앉은 표정을 지으며 그렇게 중얼거렸다.

"역시 몇 번을 걷어차여도 너무 귀여워요!"

또다시 두 눈이 하트 모양이 된 히비키가 다시 한 번 영쿠루미를 꼭 끌어안았다.

"이이이잇! 한 번 더 뚜들겨 패주쎄요! 깝깝하다꼬요!"

"예. 그래도 환자한테 너무 무리한 짓을 시키지는 말아 주세요."

시스터스가 두들겨 패자, 히비키는 겨우 진정했다.

"쿠루미 씨, 탄환을 주세요. 쿠루미 씨처럼 연사는 못하지만, 그래도 총을 쏘는 거라면 할 수 있어요."

히고로모 히비키는 이미 두 번이나 토키사키 쿠루미로 변모했다. 〈자프키엘〉의 장총도 능숙하게 다룰 수 있었다. 물론 그녀는 시간을 조작하는 능력을 지니지는 못했지만 말이다.

"……과또하게 그 쫑을 쓰다간, 몸이 상할 꺼예요."

아무리 히비키가 〈킹 킬링〉으로 쿠루미가 되어 〈자프키엘〉을 쓴 적이 있다 할지라도, 그래도 그녀는 가짜였다. 능력을 비롯해 외모와 기억, 그리고 성격까지 강탈했을 때도 그녀가 쓸 수 있는 능력은 극도로 한정되어 있었던 것이다.

〈자프키엘〉은 어디까지나 토키사키 쿠루미만이 쓸 수 있는 무기다.

히비키가 써도 되는 무기가 아닌 것이다. 하지만 지금 상황에서 싸울 수 있는 이는 자신과 그녀뿐이었다.

"저기, 두 사람에게 할 말이 있답니다."

그때, 시스터스가 갑자기 손을 들며 그렇게 말했다.

“할 말이 머죠?”

“아까부터 엄청 신경이 쓰였는데 말이죠. 대체 이 테이블과 찻주전자와 찻잔은 왜 이런 곳에 있는 걸까요?”

“그야— 오째서일까요?”

“어째서일까요?”

“제 생각에는, 이곳의 주민이 매우—.”

그때—.

쿵, 하면서 벽에 충격파가 전해졌다.

쿵, 하는 소리와 함께 방이 흔들렸다. 지진이 일어났다고 착각할 정도의 진동이지만, 그 진동은 같은 간격으로 계속 발생하고 있었다. 그리고 그 소리 또한 점점 가까워지고 있었다.

“매우…… 큰 게 아닐까…… 하고 생각하는데 말이죠…….”

영 쿠루미와 히비키와 시스터스는 문을 열고 들어온 괴물을 보고, 크게 놀란 표정을 지었다.

그것은 새하얗고 거대한 괴물이었다. 우람한 체격을 지닌 겉모습은 괴물을 연상케 했다. 하지만 순진무구한 눈동자는 어린아이를 연상케 했다.

게다가 문제는 더 있었다. 눈동자가 너무 많았다. 입도,

코도 많았다.

키득거리는 소녀의 웃음소리가— 수도 없이 들려왔다. 그 흉흉하고 불길한 모습을 본 히비키와 쿠루미는 그녀의 인형을 떠올렸다.

『돌마스터』— 인형 속에 영혼을 봉인해, 친구를 늘리던 소녀.

그 소녀의 부하이자 친구, 그리고 병사였던 그녀들의 무기질적인 웃음소리가 이 소리와 비슷했다.

"손님이네."

"손님이야."

"놓치면 안 돼."

"손발을 부러뜨리자."

"그러자. 우리는……."

"엄청 힘이 세니까 말이야."

수많은 목소리가 들려왔다. 그리고 세 사람은 눈치챘다. 아니, 눈치챌 수밖에 없었다. 이것 또한 퀸의 성과 중 하나인 것이다.

"……다수의 엠프티를, **뭉쳤어**……."

우람한 팔— 당연했다. **여러 엠프티의 팔을 뭉쳤으니 말이다.**

몸집 또한 어마어마했다. 대체 얼마나 많은 엠프티를 합성한 것인지 상상도 되지 않았다. 게다가 악취미스럽게도 귀여운 프릴이 달린 새빨간 드레스를 입고 있었다. 비유를 하자면— 말벌의 벌집을 머리로 삼은 거인이었다.

“……후뙤하죠.”

“할 수 있으면 좋겠네요.”

“아마 어렵겠죠~?”

히비키는 등 뒤를 힐끔 돌아보았다. 자신들이 통과했던 문은 이미 사라졌다.

존재하는 것은 『그녀』가 방금 들어온 거대한 문뿐이다. 즉, 이 거인을 쓰러뜨리지 않는 한 저 문에 다가설 수도 없는 것이다.

영 쿠루미와 히비키는 시선을 교환한 후— 동시에 고개를 끄덕였다.

“씨스터스는 쫌 물러나 이쓰세요. 그리고 안전한 장소에 쑴도록 하세요.”

“이런 곳에 안전한 장소가 있을 것 같지는 않군요.”

시스터스는 그렇게 말하면서도 두 사람과 거리를 벌렸다. 그리고 히비키는 영 쿠루미가 건네준 탄환을 장전했다.

괴물의 눈이 콩알만 한 두 사람에게 향하더니, 혀로 입술을 핥았다.

영 쿠루미는 절체절명의 상황에 처했는데도 코웃음을 쳤다.

“홍짜 맛도 분깐 못할 드탄 멍찡해 보이는 혀꾼요. 다즈링과 고쭈는 구뿐할 수 인나요?”

그 순간, 괴물의 살의가 부풀어 올랐다. 방금까지 여유를 보이던 그녀가 어금니를 깨물었다.

"죽이자." "죽일래." "죽이겠어." "죽여 버릴 거야!"

"쿠루미 씨는 조그마해져도 역시 쿠루미 씨군요!"

"찡짠으로 바다들이게써요!"

괴물이 힘차게 발을 내딛자, 무기질적인 콘크리트 바닥이 박살났다.

"짜아, 이름 엄는 괴물 씨. 당씬에게 이름을 부쳐줄게요. 벌찝머리 요괴는 어떤가요?"

"아냐! 아냐, 아냐, 아냐! 내 이름은—『재버워키』야!"

"—어머, 그래봤자 양쪽 다 괴물을 가리키는 이름이군요."

시스터스가 그렇게 중얼거렸지만, 분노가 머리끝까지 치솟은 그녀는 그 말을 듣지 못했다.

"먹어치워!" "먹어치워, 먹어치워, 먹어치워!"

재버워키가 주먹을 치켜들었다. 특별한 힘이나 능력을 쓰는 게 아니라, 그저 눈앞에 있는 적을 증오에 휩싸인 채 갈가리 찢기 위한 예비 동작이었다.

그에 반해 영 쿠루미는 자신의 총을 양손으로 들고서야 겨우 쏠 수 있을 만큼 어려졌지만, 그래도 일류 총잡이(건슬링거)였다.

재버워키가 휘두른 주먹을 피하더니, 그대로 팔위로 올라타며 상대의 얼굴에 접근했다. 그리고 그 새하얀 얼굴을 향해 〈자프키엘〉을 들고 방아쇠를 당겼다.

묵직한 충격이 느껴지면서 총구가 튕겨져 올라갔다.

그 뒤를 이어 여러 사람의 비명이 들려왔다.

하지만 괴물은 움츠러들지 않았다. 피를 흘리지도 않으며, 마구 날뛰기 시작했다. 영 쿠루미는 방금 그 일격이 상대의 화만 돋우게 만든 걸지도 모른다는 생각에 혀를 찼다.

재버워키의 팔이 바닥과 벽을 강타했고, 발을 굴릴 때마다 대지가 뒤흔들렸다.

"으앗, 우와앗, 으아아아악!"

히비키는 허둥대면서 도망쳤고, 영 쿠루미는 사격을 이어나가며 탄환을 명중시켰다. 하지만 방대한 완력은 속도를 압도하는 법이다.

운 나쁘게 구석에 몰린 영 쿠루미의 몸에 재버워키의 주먹이 명중했다.

"으윽……!"

"쿠루미 씨!"

몸이 빙글빙글 돌며 튕겨져 나간 영 쿠루미는 그대로 벽에 박힐 기세로 내동댕이쳐졌다.

한순간 의식이 끊어질 정도의— 그 강렬한 일격은 약해진 〈엘로힘〉의 방어를 뚫고 그녀의 갈비뼈를 부러뜨렸다.

그녀가 피를 토하자, 재버워키는 씨익 웃었다.

"이게……!"

재버워키가 영 쿠루미를 향해 손을 뻗으려 한 순간, 히비키가 그 팔을 향해 총을 쐈다. 하지만 효과는 없었다. 약간의 살점이 떨어져나가기만 했다.

벽에 박힌 영 쿠루미는 서서히 다가오고 있는 팔을 쳐다보며 생각했다.

몸은 뜻대로 움직일 수 없다. 살해당하지 않고 생포될 가능성도 없지는 않지만, 눈앞에 있는 괴물에게 그럴 지성이 존재할지 미심쩍었다. 게다가 생포된다면 더는 기회가 없을 것이다.

시간이 천천히 흐르는 가운데, 사고회로만이 고속으로 작동하고 있었다. 하지만 손을 쓸 방법이 없었다. 생포된 후에 어떻게 할지를 생각할 수밖에 없다고 여기며 영 쿠루미가 각오를 다진 순간— 재버워키 이외의 『기묘한 존재』가 눈에 들어왔다.

"……저건, 뭐죠?"

크기는 히비키와 비슷한 수준이지만, 폭이 넓었다. 아니, 폭이 넓은 정도가 아니라 완벽한 직사각형 형태였다. 그리고 두께는 한없이 얇았다. 그런 물체가 도약을 하더니, 영 쿠루미를 지키려는 듯이 재버워키의 주먹을 막아섰다.

그 기묘한 물체에 재버워키의 주먹이 정통으로 꽂혔다. 꿰뚫리지도, 파괴되지도 않은 그 물체는 그저 허공에서 하늘거리기만 했다. 그리고 허공에 떠 있던 **그것**이 갑자기 움직임을 멈췄다.

『자, 꼬마 아가씨. 이틈에 도망쳐요~.』

"……누구, 시죠……?"

그 물체, 아니, 소녀는 멍한 표정을 짓고 있는 영 쿠루미를 향해 고개를 돌리며 그렇게 말했다. 직사각형 모양인 그 소녀의 한쪽 구석에는 다이아몬드 마크가 새겨져 있었다. 그녀는 붉은색 옷을 입은 **납작한 소녀**였다. 땋은 머리카락이 그녀의 움직임에 맞춰 흔들리고 있었다.

하지만 그것은— 거대한 트럼프, 그 자체였다.

『잔말 말고 빨리 아래로 내려가세요, 내려가세요. 안내해 줄 이가 있을 거예요~, 있을 거예요~!』

뭐랄까, 교과서를 읽는 목소리를 연상케 하는 무미건조한 말투였다. 영 쿠루미가 고통스러워하면서도 아래쪽을 쳐다보자…… 그곳에는 커다란 트럼프가 있었다.

영 쿠루미에게 자신을 어필하려는 것처럼 껑충껑충 뛰고 있는, 검은 옷을 입은 소녀……의 트럼프였다.

히비키가 놀란 표정을 지으며, 점프를 하고 있는 트럼프를 쳐다보았다.

"이건, 대체……."

"……어머나, 감사하게도 그분들이 도와주시려나 보군요."

"그분들이라니, 대체 누구죠?"

"……퀸은 비나의 도미니언을 쓰러뜨리고 새로운 도미니언으로서 이 영역을 재조립했어요."

"하아, 그랬겠죠."

퀸은 느닷없이 나타난 이단적인 존재이며, 원래부터 이 영역의 도미니언이었던 것은 아니다. 만약 퀸이 원래부터 비나의 도미니언이었다면 히비키도 분명 소문 정도는 접했을 것이다. 게다가 비나의 도미니언이 누구인지는 이야기를 들어본 적이 있다. 물론 퀸이 아니라—.

"……아, 그러고 보니 트럼프와 관련이 있는 준정령이었어요."

『그렇소이다!』

트럼프가 대답했다. 트럼프의 마크는 스페이드였다. 또한 다른 소녀와 마찬가지로 납작했다. 스페이드 소녀는 일본도를 용감하게 치켜들고 있었다. ……납작하기는 하지만 말이다.

『이쪽, 이쪽~! 이~쪽이~올~시~다~!』

한편, 히비키는 문득 생각했다.

준정령(인간)이 납작해지니, 꽤나 섬뜩하다고 말이다.

재버워키는 자신의 주먹을 막아낸 다이아몬드 트럼프를 보면서 씨익 웃었다.

"패배자네."

"패배자야."

"퀸에게 지고 도망쳤던, 불쌍한 트럼프구나!"

『불쌍한 건 그쪽이에요~. 정말 기분 나쁜 괴물이네요~. 아아, 정말 싫다! 이래서 광신도는 문제라니까요~! 그에 비해 저희는 여차하면 왕을 주저 없이 배신하죠~!』

다이아몬드 트럼프는 유쾌하게 웃음을 터뜨렸다.

『어이~! 다이아! 무슨 소리를 하는 것이오~!』

『그것보다, 시간을 벌어줄 테니까, 빨리 도망쳐요~!』

바닥에 착지한 영 쿠루미가 머뭇거리며 말을 걸었다.

"저기…… 트럼쁘 씨?"

『자! 이 길을, 이 길을 따라 쭉 가면 되오!』

트럼프가 손가락(평면)으로 가리킨 곳에는 조그마한 문이 있었다. 그쪽에서도 트럼프 두 장이 껑충껑충 뛰면서 어필을 하고 있었다.

『이쪽으로 오도록! 빨리 오도록!』

『빨리 오세요, 빨리빨리 오세요오세요!』

하트 트럼프와 클로버 트럼프였다. 두 사람(?)이 손짓, 아니, 트럼프 한 귀퉁이를 접었다 폈다 하면서 어필을 하고 있었다.

"……일단, 시키는 대로 하죠."

"라져~!"

"히고로모 양, 업어주시겠어요?"

재버워키는 이미 영 쿠루미 일행을 보고 있지 않았다. 다이아몬드 트럼프를 향해 적의를 드러내며 공격을 펼치고 있었던 것이다. 하지만 다이아몬드는 꽤 튼튼한지, 몇 번이나 두들겨 맞았는데도 계속 도발을 하고 있었다. 그에 추가로 스페이드가 점프를 하며 재버워키를 공격했다. 아까 히비키가 날린 탄환을 견뎌낼 만큼 튼튼하던 팔을, 스페이드는 평면인 일본도로 깊은 상처를 냈다.

『소생들은 2차원의 존재이기에, 절단이 특기올시다!』

『그래요~! 자, 이틈에 빨리 가세요~!』

확실히 탈출을 하려면 지금이 기회다.

영 쿠루미 일행은 아까 트럼프가 알려준 조그마한 문을 통과했다. 시스터스가 겨우겨우 통과할 수 있을 만큼 문이 작았지만, 하트와 클로버가 그녀를 등 뒤에서 밀어준 덕분에 어떻게든 빠져나왔다.

“아야야야야……. 엉덩이, 엉덩이가…….”

“쿠루미 씨는 글래머니까요아야야야야얏! 집요하게 정강이 좀 차지 마세요, 꼬마 쿠루미 씨!”

영 쿠루미(꼬마 쿠루미 씨)는 물론이고, 시스터스의 몸에 대한 험담도 용납되지 않았다.

『우물쭈물하지 말고 빨리 나아가도록!』

『가세요~!』

문 너머에는 더 좁은 통로가 있었다. 영 쿠루미는 비교적 편하게 통과했지만, 히비키와 시스터스는 겨우겨우 지날 수 있었다.

“기운이 빠졌어요. 좀 잡아당겨 주세요.”

“저도 피곤하거든요~?!”

“……시근 쭉 머끼네요~.”

“젠장, 아무리 귀여워도 해도 되는 말과 하면 안 되는 말이 있다고요, 꼬마 쿠루미 씨! 아아, 너무 귀여워! 빌어먹을~! 확 쓰다듬고 싶어~! 부비부비하고 싶어~! 텔레비전 앞에서 아장아장 춤추는 모습을 비디오에 담아두고 싶어~!"

"욕망이 입 밖으로 줄줄 흘러나오고 있군요."

"무서버요. 뜨끼 마지막의 그 매우 구쩨적인 묘사가, 위험한 느낌을 쯩뻑시키고 이써요."

앞장을 서던 영 쿠루미는 등 뒤에서 느껴지는 시선으로 인한 두려움에 떨면서 앞으로 나아갔다. 벽은 전부 회색이며, 어렴풋한 빛밖에 없는지라, 마치 다락방을 연상케 하는 분위기였다. 옅은 빛은 아까 그녀들이 통과한 복도의 빛이리라. 그렇다면—.

"혹씨 여기는 벽과 벽 싸이……인 거까요?"

『그렇다고 여기도록!』

벽에 찰싹 달라붙어서 달리고 있던 클로버 트럼프가 고함을 질렀다. 활동적인 복장을 한 소녀는 힘찬 목소리로 외쳤다.

『여기가 레지스탕스의 아지트로 이어지는 길이라 여기도록!』

"레지스땅스……."

『그대가 토키사키 쿠루미가 틀림없다 여겨도 되겠느냐?!』

"……왜 그런 걸 묻는 거죠?"

『우리의 우두머리인 까르뜨 님을 만나줬으면 한다고 여기도록!』

『부디 손을 잡아 주세요~!』

“아, 생각났어요! 이 영역의 예전 도미니언! 까르뜨 아 쥬에! 그 사람은 트럼프 무명천사를 쓰는 여성분이었어요!”

히비키가 느닷없이 그렇게 외치자, 하트와 클로버가 고개를 끄덕였다.

『그렇다! 우리의 우두머리, 까르트 님! 정말 좋은 분이라 여기도록!』

“어떤 분인가요~?!”

『잠시 후에 직접 만나서 확인해주세요~!』

……곧 만날 수 있는 것 같았다. 어쩔 수 없이 영 쿠루미 일행은 이동했다. 아장아장, 꾸물꾸물, 질질, 같은 의성어가 어울리게 말이다.

—남은 시간 1시간 17분

빙글빙글, 여덟 번이나 빙빙 돌았다. 처음에는 길을 외워보려고 노력했지만, 이윽고 그럴 기력마저 사라질 만큼 단조로운 색상의 좁은 통로를 나아가야했다.

그래도 좁아터지던 길이 넓어진 점만은 다행이었다.

“더 가야 하나요~?”

영 쿠루미가 지친 듯한 목소리로 그렇게 묻자, 벽에 찰싹 달라붙어서 달리고 있던 트럼프들이 대답했다. 벽을 평면 상태로 달리고 있는 그 모습은 이 세상 모든 소녀들이 혐오

감을 느끼는 모 생물을 아주 약간 연상케 했다. 어디까지나 아주 약간 말이다.

『도착했다고 여기도록!』

『잠시만 기다려주세요~!』

드디어 도착한 것 같았다. 하지만……. 이곳은 여전히 어둑어둑한 통로였다. 도착했다고 보기에는 길이 계속 이어지고 있었다. 즉, 이곳은 방이 아니라 통로였다.

"뭐가 어떠케 된 거죠?"

"—뭐, 우리는 도망자 신세거든. 뭐든 감추고 보는 게 제일이야."

순간 들린 그 목소리에, 영 쿠루미는 화들짝 놀라면서 〈자프키엘〉의 단총을 거머쥐었다.

보이지 않았다.

전혀, 눈곱만큼도, 상대방의 모습을 포착하지 못했다. 그런데 통로 한가운데에서 목소리가 들려왔다. 아니, 지금도 목소리가 들리기만 할 뿐, 모습은 보이지 않았다.

"어디 계시죠? 알려쭈시지 않게써요?"

"훗— 여기야!"

대답과 함께 통로가 일그러졌다. 아니, **통로였던 것**이 없어졌다. 주위 일대가 새하얀 빛을 내뿜는 방으로 변한 것이다.

"뭐, 간단한 마술이야. 어서 와. 정령, 그리고 정령의 동행 여러분. 그리고— 그 퀸에게 맞서는, 위대한 자들이여!"

힘찬 목소리가 들린 순간, 비둘기가 일제히 날아오르면서 어딘가로 사라졌다. 두 트럼프의 입에서 환성이 터져 나왔다.

그 모습은 아름답다기보다 신기하다에 가까웠다.

실크햇, 그리고 나비 모양을 한 용도불명의 가면, 그리고 손에 쥔 트럼프 카드.

"어머나, 그렇다면 비나의 예전 도미니언은 마술사인 거군요."

시스터스의 말에 눈앞의 소녀는 왠지 실없어 보이는 미소를 지으며 고개를 끄덕였다.

"그래. 내 이름은 까르트 아 쥬에! **평범한 트럼프, 평범한 도구**야. 그러니까, 으음, 당신들이……."

까르트는 고개를 두리번거리며 영 쿠루미와 시스터스를 쳐다보았다. 시스터스는 영 쿠루미와 시선을 교환하더니, 아무 말 없이 고개를 끄덕였다. 어려지기는 했지만 전투가 가능한 쿠루미, 그리고 겉모습은 그대로지만 두 번 다시 싸우지 못하게 된 시스터스 중에서는 당연히 전자가 진짜 쿠루미라 할 수 있으리라.

그래야만, 하는 것이다.

"제가 꾸루미에요."

영 쿠루미는 당당히 가슴을 펴며 그렇게 말했다. 까르트는 그 말을 듣고 영 쿠루미의 앞에 서서 한쪽 무릎을 꿇었다. 신하로서의 예를 표하듯 말이다.

"앳된 모습을 한 정령이여, 그대의 목적을 들려줬으면 해."

"해찌우러 온 거예요."

"—누구를 말이지?"

영 쿠루미는 심호흡을 했다. 이 말만은 혀 짧은 목소리로 해선 모양새가 나쁘다고 생각한 그녀는 차분하지만 단호한 목소리로 말했다.

"그야 물론 퀸이죠. 그녀와 저는 절대 양립할 수 없는 존재니까요."

그 말을 들은 순간, 두 장의 트럼프는 환한 표정을 지었다. 까르트 또한 환한 미소를 지으며 대답했다.

"그럼 나는 이 영역의 신이나 다름없는 그대의 아군이자, 손발이 되겠어."

그렇게 말한 그녀는 마술사라기보다 기사 같아 보였다.

"그러는 이유가 뭐죠?"

영 쿠루미는 불신감을 겉으로 드러내며 미심쩍어했다. 아군인 걸까, 아니면 다른 속셈이 있는 걸까. 적어도, 그녀가 이렇게까지 아낌없이 자신의 목숨을 바치려 하는 이유를 알 수가 없었다.

"방금 말한 대로야. 당신은 이 비나의 신이나 다름없는 존재……. 그렇기에, 믿을 수 있지. 위기에 처한 우리를 구하기 위해 당신이 이곳에 온 거라고 생각해."

"……그러꾼요."

일단, 납득이 되는 발언이기는 했다. 까르트에게 있어, 비나를 퀸에게 빼앗긴 것은 상상조차 힘들 정도의 굴욕일 테니 말이다.

믿음직한 아군이 될 것이다. 그렇게 생각하지만……. 왠지 미묘한 위화감이 느껴졌다. 까르트가 한 말 중 무언가가, 영 쿠루미의 마음에 걸렸다.

"……『손발』이 될 필요는 없땁니다. 제께 더 이상의 『손발』은 필요하찌 않으니까요."

"……."

그 말을 들은 까르트의 표정이 어두워졌지만, 영 쿠루미는 그런 그녀를 향해 손을 내밀며 말을 이었다.

"하찌만, 저희의 목쩍은 같쬬. 자, 함께 싸우도록 해요. 당씬은 손발이 아니라, 당씬 자신으로서 싸우는 거예요!"

좀 호들갑스러울지도 모른다고 생각한 쿠루미는 마음속으로 수치심에 몸부림을 쳤다.

"고마워, 토키사키 쿠루미. 진정한 정령이여. 동맹을 맺은 동지로서, 함께 싸워나가도록 하자. 그런데 뒤에 있는 분들은—."

"히꼬로모 히비끼 양, 그리꼬 또 한 명의 『쩌』랍니다."

"이제부터는…… 제가 설명하죠. 『저』의 혀 짧은 목소리를 들으니 머리가 지끈거려서 말이죠."

말이 좀 심하기는 하지만, 그녀의 말이 옳기는 했다.

"히고로모 히비키예요~. 쿠루미 씨의…… 짝꿍(버디)? 이랄까요?"

"손바리에요."

"예~, 손발(파트너)이에요~!"

히비키는 영 쿠루미의 독설에 가까운 말을 듣고도 전혀 주눅 들지 않았다.

"아하, 사역마(패밀리어)구나. 나도 있으니까 이해가 돼."

"……가족(패밀리)라니…… 쿠루미 씨, 저는 역시 여동생이겠죠? 아, 하지만 지금은 꼬마 쿠루미 씨니까 제가 언니일까요? 꼬마 쿠루미 씨, 이 언니와 같이 목욕 안 할래? 내가 몸 구석구석까지 깨끗하게 씻겨 줄게!"

"한 거름만 더 다가오면 싸버릴 거예요! 진짜로 쏠 꺼라고요!"

영 쿠루미는 주저 없이 단총으로 히비키를 겨눴다. 이 이상 히비키가 다가왔다간, 소중한 무언가를 잃게 될 것 같은 느낌이 들었기 때문이다.

◇

아무튼—.

"저를 원래대로 되돌리는 게 우선일 것 같네요."

자신의 짧아진 혀에 익숙해진 건지, 말이 유창해진 영 쿠루미가 자신이 쥐기에는 너무 큰 〈자프키엘〉의 단총을 쳐다보면서 그렇게 말했다. 이 몸으로는 총의 반동이 너무 컸다. 거울에 비친 자신의 모습은 귀엽지만, 어마어마하게 귀엽지만……!

"유감이지만 동의할게요~. 그것보다 까르트 씨, 저 트럼프는 대체 뭔가요?"

까르트는 그 말을 듣고 고개를 갸웃거렸다. 설명하기 싫다기보다, 무엇부터 설명하면 좋을지 생각하고 있는 것 같았다.

"내 시점에서는 설명이 어려운 부분도 있으니, 영역의 상황부터 하나하나 설명하고 싶어. 그래도 될까?"

쿠루미 일행은 고개를 끄덕이며 그녀의 말에 귀를 기울였다.

"원래 이 비나 또한 에소드와 마찬가지로 무해한 준정령의 피난 장소로 활용되고 있었어. 나는 이곳의 도미니언으로서 그림자와 시간을 조작해, 그녀들을 숨겨주기가 쉬웠지."

"그랬죠. 하지만, 그 탓에 경계의 대상이 되지 않았나요? 어디든 나타나 준정령들을 구해가서 말이에요."

히비키가 그렇게 말하자, 까르트는「좀 부끄럽네~」라고 중얼거리면서 머리를 긁적였다.

"뭐, 그건 어쩔 수 없어. 유명세라고 여길래. 아무튼, 그 폐해로 이 영역은 인계 안에서도 시간이 특히 허술한 곳이야."

"그 문의 함정도 그 영향인가요?"

"아마 그럴 거야. 그녀의 지배율이라면 이 영역 안에서는 신이나 다름없을 테지. 다른 영역이라면 몰라도, 이곳의 도미니언이 되면 시간을 자유자재로 조작할 수 있어."

"……지배율? 들어본 적 없는 말이군요. 히비키 양, 설명해줄래요?"

히비키는 어깨를 으쓱했다.

“말쿠트와 예소드는 지배율이 거의 중시되지 않았으니까요. 저도 설명을 해봤자 딱히 의미가 없을 것 같아 안 했고요. 구체적인 설명은 까르트 씨에게 부탁드릴게요~.”

“간단하게 설명하자면…… 도미니언이 얼마나 그 영역을 지배하고 있는지를 수치화한 것이라고 할 수 있어. 즉, 지배하게 된 영역을 얼마나 마음대로 뜯어고칠 수 있는지를 가리키는 비율이지.”

그리고 지배율이 중요시되지 않는 건, 도미니언으로 인정되는 것과 지배율이 크게 연관이 있지 않기 때문이다. 말쿠트의 『돌마스터』는 지배율이 35퍼센트 정도였지만, 견고하기 그지없는 그 35퍼센트의 영지로 사실상 말쿠트를 완전히 지배했다. 게다가 말쿠트의 장소 대부분이, 준정령들이 서로를 죽이려 드는 전장이었던 탓도 있었다.

참고로 예소드에서 이곳까지 전이한 영 쿠루미 일행은 알지 못하겠지만, 공동 도미니언이 된 키라리 리네무와 반오인 미즈하의 총 지배율은 80퍼센트를 상회했다. ……하지만, 그녀들이 사상을 변화시키는 것은 어디까지나 라이브를 위한 것이기에 전혀 의미가 없다.

“호드에서는 지배율을 45퍼센트씩 차지한 두 세력이 다툼을 벌이고 있는 것 같아. 그리고 현재 문제가 되고 있는 건…….”

까르트는 한숨을 내쉬면서 말했다.

"현재 내 지배율은 5퍼센트, 그리고 퀸의 지배율을 조사해보니— **150퍼센트를 돌파했어.**"

다들 그 말도 안 되는 수치를 듣고 말을 잃었다.

……가장 먼저 진상에 도달한 이는 히비키였다.

"설마, **다른 영역도 포함되어 있는 건가요**……?"

"정답이야. 퀸은 이미 예소드를 비롯한 각 영역을 향해 손을 뻗고 있어."

"……그렇군요. 그래서 그때……."

예소드에서 룩과 교전하고 있을 때, 여왕이 아무런 조짐도 없이 불쑥 나타났었다. 당시에는 마치 마법이라도 쓴 것 같다고 생각했다. 그 주위가 퀸의 지배영역으로 바뀌었기 때문에 그런 게 가능했던 것일까.

"그녀는 그림자를 이용해 영역을 침식해. 게다가 아무도 모르게 말이야. 말쿠트, 예소드, 그리고 항쟁 중인 호드는 다른 영역에 대한 경계가 허술해서 그런지 중점적으로 영역 확장이 이뤄지고 있는 것 같아. 그리고 무엇보다 성가신 점은 일정 이상의 지배율을 지닌 영역에서는 퀸이 자기 자신을 현현시킬 수 있다는 거야."

"대책은 없나요?"

"……다행히 부하인 엠프티들은 확장에 미미한 영향밖에 끼치지 못해. 기본적으로 그 세 간부가 움직이지 않는 한,

다른 영역에 『그녀』가 현현되는 일은 벌어지지 않아.”

“예소드는 리네무 씨와 미즈하 씨에게 이 사실을 알리면 대책을 세워 줄지도 모르지만, 말쿠트는 어떻게 하죠~?”

“……지금은 거기까지 생각할 여유가 없군요. 우선 탈출을 한 다음에 생각해 보도록 해요.”

“맞는 말이야. 자, 우선 당신의 시간을 되돌려야겠지. 빼앗긴 시간을 되찾아야만 해.”

“아, 쿠루미 씨. 그 탄환을 쓰는 건 어때요? 대상자의 시간을 진행시키는 탄환 말이에요.”

“【세 번째(기멜) 탄환】 말인가요? 쓸 수는 있겠지만…….”

아마 쿠루미의 시간은 빼앗긴 것이 틀림없으리라. 어딘가에 그 시간이 은닉되어 있는 것이다. 그게 어떻게 될지가 문제다. 어쩌면 시간이 되돌아오지 않을 가능성도 있다.

“예를 들자면, 저는 【달렛】으로 시간을 되감아서 상처를 치유할 수 있어요. 하지만 지금의 제 힘으로는 젊어지게 하는 것은 어려울 테고, 죽은 자를 되살아나게 할 수도 없죠. 만약 억지로라도 젊어지게 하려면 〈자프키엘〉 자체에 손을 쓸 필요가 있을 거예요.”

솔직히 고백하자면, 그녀가 가장 두려워하는 사태는 되돌린 시간과 【기멜】의 영향으로 인해, 최종적으로 **나이를 먹은 쿠루미**가 되는 것이다.

게다가 아직 사용할 수 없는 탄환이 몇 개나 더 있고, 그런 행위가 그 탄환에 어떤 영향을 끼칠지 알 수 없다.

그런 위험을 전부 감수하더라도, 결과 자체는 『시간을 되찾은 경우』와 크게 다르지 않은 것이다.

"그러니 시간과 시간이 더해지면서 원래의 저보다 더 나이를 먹은…… 그래요, 서른 살 즈음의 모습이 되어버릴지도 몰라요."

"나이를 먹은 쿠루미 씨, 즉, 유부녀 타입…… 으윽!"

히비키가 코피를 흘리면서 쓰러졌지만, 영 쿠루미는 깔끔하게 무시했다. 마지막으로 남길 말이라며 이상한 소리나 늘어놓을 게 뻔했기 때문이다.

"물론 긴급한 상황에서는 그런 걸 따질 수 없겠죠. 하지만 우선 저의 『시간』을 찾아보는 것부터 시작할까 해요. 까르트 씨, 당신은 그게 어디 있을지 짐작이 되나요?"

영 쿠루미의 물음에 까르트는 고개를 끄덕였다.

"물론이지. 아까 그 방은 가장 먼저 들어선 이의 시간을 빼앗는 방이며, 그 외에도 **빼앗은 시간을 모아두는 방**도 존재한다는 것까지는 이미 조사해뒀어."

"거기가 어디죠?"

"유감이지만 아까 재조립 때문에 위치가 바뀌었어. 확실한 건, 그 방의 문에는 수수께끼(리들)가 적혀 있고, 재버워키 같은 파수꾼이 있다는 거야."

"수수께끼……라고요?"

"응. 트럼프들의 보고로는 그래. ……그 수수께끼 자체는 나도 아직 못 봤지만 말이야."

"파수꾼이라면…… 역시 엠프티를 개조해서 만든 실험체인가요. 그것에 관한 정보는 있나요?"

『물론 있소이다! 그 녀석이야말로 정체불명의 기기괴괴!』

느닷없이 들려온 목소리에, 모든 이들이 목소리가 들려온 곳을 향해 고개를 돌렸다. 스페이드 트럼프가 의기양양한 표정으로 껑충껑충 점프를 하고 있었다.

"아, 어서 와, 에이스. 다이아(나인)는 어떻게 됐어?"

『자신의 소임을 다하고, 장렬하게 산화했소이다!』

"주, 죽은 건가요? 맙소사……!"

히비키가 크게 놀란 표정을 지었지만, 에이스라 불린 트럼프 소녀는 영문을 모르겠다는 듯이 고개를 갸웃거렸다.

『그게 어쨌다는…… 것이오?』

"아, 그래. 당신들에게는 그녀들의 특성을 설명하지 않았구나."

까르트가 드르르륵 소리가 나게 트럼프를 섞었다. 폼이란 폼은 다 잡고 있는 것 같지만, 그녀의 날카로운 느낌의 미모와 중석적인 복장 때문에 『분하지만 어울린다는 걸 인정할 수밖에 없다』고 여기게 하는 아우라가 느껴졌다.

까르트는 트럼프를 뒤섞은 후, 한 장을 뽑아들었다.

"이 트럼프가 바로 나의 무명천사야. 이름은 〈창성희화(세르반트)

에페메르(創成戱畵)〉. 능력은, 그녀들을 만들어 내는 거야."

그리고 까르트는 근처에 있던 하트 트럼프의 머리를 가볍게 쓰다듬었다.

『부끄러운 짓 좀 하지 마세요~. 흠냐.』

하트 트럼프 소녀는 귀여운 반응을 보였지만, 까르트는 왠지 쓸쓸한 눈길을 머금었다.

"그녀들은 내 병사야. 내 영력을 분할해서 만든 유사 생명체지. 명령은 충실히 수행하지만, 커뮤니케이션을 취할 수 없어."

"……커뮤니케이션을 취할 수 없다고요?"

『그렇소이다!』『감정을 모르는 걸로 알고 있도록!』『주어진 의문에 답할 수만 있으니 양해해 주세요~!』

트럼프들이 대답했다. 그 목소리는 밝지만, 왠지 비슷비슷한 뉘앙스인 것처럼 느껴졌다.

"내가 보기에는 당신의 힘이야말로 비정상적이야. 나는 제3영속의 준정령이고, 예전에 있었던 제3영속의 동료들 중에도 『그림자』를 베이스로 삼는 특성상 분신을 만들 수 있는 사람이 많았어. 하지만 그 분신은 결국 미끼나 인형에 불과했지. 나조차도 말을 걸었을 때 대꾸를 하게 만드는 게 한계야. 정서가 풍부한 척 하고 있지만, 어디까지나 기계적이거든. 이야~, 정말 대단하네."

"……그렇군요."

영 쿠루미는 고개를 끄덕이면서도 고민했다.

분신이야말로 토키사키 쿠루미가 지닌 〈자프키엘〉의, 최대최강의 무기다. 그리고 그것을 만들어 내는 탄환이 【헤트】다. 하지만 기억이 결여된 탓인지 쓸 수가 없었다. 아니, 그 외에도 쓸 수 없는 탄환이 있었다. 열한 번째와 열두 번째는 능력을 쓸 수 없을 뿐만 아니라 어떤 능력인지조차도 알 수 없었다.

하지만 【열한 번째(유드 알레프) 탄환】과 【열두 번째(유드 베트) 탄환】은 **못 쓰는 것이 당연하다**는 인식을 가지고 있었다. 어떤 능력인지도 알지 못하지만, 그것은 자신이 써서는 안 되는 탄환(불릿)인 것이 틀림없다.

하지만 【헤트】를 쓸 수 없다는 점은 불가사의하며, 또한 치명적이다.

퀸이라 불리는 그 반전체는 【전갈의(아크라브) 탄환】이라는 명칭의 능력을 지녔다. 그리고 세 간부, 적어도 룩은 자신에게 필적하는 능력의 소유자다.

원래의 토키사키 쿠루미라면 간단히 분신을 만들어 내서 압도적인 물량으로 밀어붙일 수 있겠지만, 지금의 자신은—.

"자, 내 병사도 셋밖에 안 되면 불안하고, 영력도 얼추 모였네. 그럼 슬슬 부활을 시켜 볼까……."

"부활……?"

까르트는 섞은 트럼프에서 한 장의 카드를 뽑아들었다.

그것은 다이아몬드 9였다.

“그럼, 다이아(나인). 부활해.”

까르트는 뽑아든 카드를 손가락으로 날렸다. 그러자 펑, 하고 생일폭죽 소리 같은 게 울려 퍼지더니 한 소녀가 불쑥 튀어나왔다. 다이아몬드처럼 붉은 머리카락을 지녔고, 아까와 다르게 기운이 넘쳐 보이는 포니테일 소녀였다. 참고로 이 소녀 또한 납작했다.

『불러주셔서 감사함닷! 제가 왔습다!』

“다행이야. 말버릇이 다른 애들과 겹치지 않네.”

“그게 중요한가요.”

영 쿠루미가 어이없어 하면서 그렇게 중얼거리자, 까르트는 차분한 표정을 지으며 말했다.

“그야 개성이 없으면, 나를 위해 희생된 애들을 떠올릴 수가 없잖아.”

“…….”

그 말 때문에 분위기가 무거워지자, 까르트는 허둥지둥 말을 이었다.

“뭐, 신경 쓰지 마. 그것보다 중요한 건 네 힘이야. 네 힘이 바로 승리의 열쇠거든.”

“뭐, 제 힘도 중요하지만—.”

문득 어떤 생각이 머릿속을 스쳤다. 그녀는 네 장의 트럼프를 사역하는 것 같았다. 그렇다면 **그녀**에 대한 정보도 가지고 있지 않을까.

"……까르트 양, 질문 하나 해도 될까요?"

"내가 대답할 수 있는 거라면, 뭐든 물어봐."

"퀸은— 분신을 만드나요? 자신과 똑같이 생긴, 그리고 자신의 과거를 이용한 분신 말이에요."

"아니. 나는 한 번밖에 싸워보지 않았지만, 그녀의 능력 중에 동료를 늘리는 건【아크라브】라고 불리는 것뿐이야. 그 이외의 힘으로 동료를 늘린 적은 없어. 물론 그녀를 졸졸 따라다니는 엠프티들을 별개로 치자면 말이야."

"엠프티들……."

"그녀들은 단순한 허무야. 몇 명이 있든 딱히 문제될 건 없어."

순수하고 무해한 허무……. 엠프티란 소녀들은 전부 그런 존재다.

하지만— 그런 존재였던 히비키는 이미 개념을 손에 넣었다.

"퀸은 그런 그녀들을 괴물로 바꾸고 있어요. 그리고 그녀들도 그걸 바라고 있죠. 협박을 당해서가 아니라, 퀸의 카리스마에 끌려 광신도가 된 그녀들이 자의적으로 그걸 바라는 거예요."

엠프티들에게 있어, 퀸은 주인이라기보다 신에 가깝다.

"그녀들을 얕봐서는 안 될 거라고 생각해요."

"그딴 건 네가 말 안 해도 알아. 나는 그 녀석들과 싸우고 있거든? 아무것도 못하는 너와는 다르게 말이지!"

"으으으으으!"

"이이이이익!"

까르트는 불만에 찬 목소리로 그렇게 말하며 히비키를 노려보았다. 히비키 또한 지지 않겠다는 듯이 까르트를 마주 노려보았다. 이제부터 함께 퀸과 싸울 동료인데도 불구하고, 그녀들 사이에서는 험악한 분위기가 흐르고 있었다.

영 쿠루미는 주위를 환기시키려는 것처럼 박수를 치며 말을 이었다.

"자, 엠프티에 관한 이야기는 그만하죠. 옆길로 너무 샜으니, 다시 괴물에 대해 이야기해요. 결국, 제 시간이 있는 방을 지키는 파수꾼은 어떤 자죠?"

『정체불명!』『완벽 불가사의!』『절대 불가시!』『완전무결!』

네 장의 트럼프가 패닉에 빠진 것처럼 하늘거리며 춤을 췄다.

"일단 이름은 알아. 『스나크』. 알고 있겠지만, 루이스 캐럴이 쓴 작품에 나오는 정체불명의 괴물이야."

루이스 캐럴의 작품인 『스나크 사냥』에 나온 스나크는 다섯 가지의 특징을 지녔다.

『식감은 퍽퍽하고 바삭하다. 또한 영혼 맛이 난다.』

『아침잠이 많다. 오후 다섯 시에 아침 식사를 하며 다음날

아침에 저녁을 먹는다.』

『농담을 이해하지 못한다.』

『해수욕용 차량을 끌고 다닌다.』

『깃털이 달렸으며 자주 무는 녀석과, 수염이 났으며 자주 할퀴는 녀석이 있다.』

『보통 무해하지만, 부점[#1]만은 예외.』

거기까지 말했을 때, 히비키가 손을 들었다.

"저기~, 저는 루이스 캐럴에 대해 잘 모르거든요? 그래도 이건 좀 말이 안 되지 않나요?"

"당연히 말이 안 되죠."

영 쿠루미가 대답했다.

"스나크란 간단히 말해 루이스 캐럴이 상상한 가상의 생물이에요. 방금 언급된 말도 안 되지만 유머러스한 특징은 이야기를 재미있으면서도 난센스하게 만들기 위한 것이죠. 현실의 괴물에게 이런 특징이 있을 리가 없어요."

"통찰력이 좋네. 즉, 『스나크』라고 우리가 규정한 존재는— 『정체가 완전히 베일에 쌓여 있고』, 『누구도 이길 수 없으며』, 『전혀 보이지 않아』. ……현재 시점에서 그녀들은 『스나크』와 싸워서 이긴 적이 없어. 그저 일방적으로 공격을 당하며 패배하기만 했지. 나도 한 번 싸워봤지만…… 모습조차

#1 **부점** 루이스 캐럴의 작품인 『스나크 사냥』에 등장하는 괴물.

포착하지 못했어.”

“모습조차 말인가요? 상대방의 공격은 어떤 느낌이었죠?”

“두들겨 맞은 것 같기도 하고, 뭔가에 베인 것 같기도 하고, 그리고 총에 맞은 것 같기도 했어. 아무튼 꽤 아팠지. 내 영장은 웬만한 공격은 다 막아주지만…… 물어 뜯겨서 찢겨나가기도 했던 것 같아.”

“즉, 애매모호하다는 거군요.”

“그래. 이야~, 부끄럽네.”

“아뇨, 괜찮아요. **그렇다면 어찌어찌 대처할 수 있을 것 같군요**. 고마워요, 까르트 양. 그 『스나크』라면, 저라도 이길 수 있을 것 같아요.”

어려진 토키사키 쿠루미는 가슴을 펴더니, 자신만만한 목소리로 그렇게 선언했다.

—남은 시간 1시간 6분

◇

톡톡톡, 하고 누군가가 등을 두드리는 느낌이 들었다. 고개를 돌린 히비키는 상대방의 귓속말을 듣고 그대로 딱딱하게 굳었다.

“꼼짝도 하지 마세요. 입도 뻥긋하지 말아요.”

시스터스, 즉 탈출한 분신이 히비키에게 다가가서 그녀의 등을 손가락으로 두드린 것이다. 히비키는 아무 말 없이 고개만 희미하게 끄덕였다.

"저는 저 준정령을 믿지 못하겠어요."

그 말을 들은 히비키 또한 시스터스의 등을 손가락으로 두드리며 대답했다.

"확실히 좀 마음에 걸리는 부분이 없진 않지만……."

까르트의 속내가 무엇인지는 짐작이 됐다. 그녀의 목적은 — 아마 이 영역을 되찾는 것이리라. 그것은 이해가 됐다.

정령이란 존재는 인계에 사는 준정령이라면 누구라도 들어본 적이 있다. 아니, 혼이 이해를 하고 마는 것이다.

일찍이, 이 세계에는 정령이 존재했다.

정령이 지닌 힘은 자신들이 범접할 수조차 없는 영역에 도달해 있으며, 한없이 신에 가깝다고 여겨졌다.

하지만, 현재의 토키사키 쿠루미는 그 힘을 선보일 수 없다. 정령이라는 사실을 증명하지 못하는 것이다. 분신이 존재한다는 점만으로는 명확하게 증명되었다고 볼 수는 없으리라.

애초에, 어려진 토키사키 쿠루미와 옆에 있는 토키사키 쿠루미가 동일한 존재라는 보증조차 없다. 그러니 까르뜨가 쿠루미를 신뢰하기에는 아직 이르다고 히비키는 생각했다.

물론 제3영속인 그녀만이 알 수 있는 무언가가 존재할지도 모른다. 본능적으로 쿠루미가 신이라 불러도 될 존재라는 사실을 이해한 걸지도 모른다.

"아무튼 주의하도록 하세요."

"알았어요."

"자, 히비키 양! 스나크를 사냥하러 가죠."

"아, 예! 그런데 대체 어떻게 사냥할 건데요? 정체불명이라잖아요?"

『그렇소이다. 대체 어떤 방법으로 토벌할 것이오?』

스페이드(에이스)의 물음에 영 쿠루미는 자신만만한 미소를 흘렸다.

"**말로 알려줘선 안 된답니다.** 정체불명의 적에게는 정체불명의 공격을 가한다. 이게 철칙이죠."

『?』『??』『???』『????』

트럼프들도, 까르트도, 히비키도, 고개를 갸웃거리기만 했다. 하지만 시스터스만은 납득했다는 듯이 「아하」 하고 중얼거린 후, 말을 이었다.

"하지만 어떤 방향으로 접근할 거죠?"

"그건 저희의 반전체가 만들어 낸 것이죠. 그렇다면— 뭐, **원작 그대로**일 거랍니다. 반전체는 비뚤어진 존재니까 말이에요."

"그렇죠."

"쿠루미 씨~, 쿠루쿠루쿠루쿠루쿠루미 씨~! 두 분만 납득하며 쑥덕거리지 말고, 구체적으로 말 좀 해주세요~!"

"여러분은 예의 그 방으로 이어지는 문만 찾아주시면 된답니다. 그리고 히비키 양, 앞으로는 그런 요상한 호칭으로 저를 부르지 말아 주시겠어요?"

그렇게, 네 장의 트럼프 카드와 네 사람의 기묘한 모험이 시작됐다. 목표는 스나크. 스나크 사냥이다.

○헌팅 도중의 우아한 한때

계단을 오르고, 복도를 달린 끝에 맨 처음 도착한 곳은 바로 함정이 도사리는 방이었다.

열린 문을 통해 방 안으로 들어가려던 영 쿠루미는 걸음을 멈췄다. 왠지 불길한 예감이 들었다. 방에 장식품이 하나도 없었다. 새하얀 벽, 새하얀 바닥, 새하얀 천장……. 아니, 유심히 보니 천장의 네 모퉁이가 희미하게 더러운 것 같았다.

"……왠지, 위험한 향기를 풍기고 있는 것 같지 않나요?"

"그럼 트럼프들에게 앞장서게 할까. 으음, 하트(트웰브)!"

『맡겨만 주세요~!』

하트가 펄럭이면서 방 중앙으로 향했다.

영 쿠루미 일행은 마른 침을 삼키며 문밖에서 그 모습을 지켜봤다. 희미하게 느껴지는 진동에 히비키는 지진이 일어난 것이라 생각하고 주위를 둘러보다가— 위쪽을 쳐다보고 그대로 얼어붙었다.

"꼬마 쿠루미 씨! 위! 위!"

"그 호칭으로 부르지 좀 말아 주세요. 그것보다, 위가 어쨌……?!"

그 순간 셔터가 마치 기요틴처럼 지면을 향해 떨어졌다. 영 쿠루미는 반사적으로 몸을 날려 무사했지만, 탈출을 하지 못한 하트는 그대로 방에 갇혔다.

"하트! 무사해?!"

『괘, 괜찮아요! 그래도 빨리 구해 주세…… 어, 아앗! 천장이 내려와요~!』

"뭐……?!"

『우엥~, 멈춰주세요~! 이, 이대로 있다간 찌부러질 거예요……!』

영 쿠루미도, 히비키도, 까르트도, 어떤 행동도 취하지 못한 채 상황을 지켜볼 수밖에 없었다. 천장에서 내려온 강철 셔터는 트럼프로도, 탄환으로도 파괴할 수 없다.

『으으, 제가 죽어도 울지 마세요. 그리고 부디, 바람 같은 게 되어서 저를 지켜봐 주세요…… 아~, 천장이, 천장이…… 꾸엑!』

꽤나 어이없는 유언과 어이없는 비명이 들려왔다.

"하트~!"

까르트가 절규를 내지름과 동시에 셔터가 올라갔다.

그러자 펄럭거리고 있는 하트가 눈에 들어왔다. 원래부터 납작했기 때문인지 거의 멀쩡했다.

『코가 찌부러질 것 같으니까, 빨리 구해 주세요…….』

"그 정도로 그쳐서 다행 아닌가요?"

"아까 그 유언은 대체 뭐였죠?"

"역시 무사했구나! 으으, 알면서 속았네!"

『패닉에 빠져서 그런 거니까 봐주세요…….』

하트는 부끄러워하며 볼에 손을 댔다.

"하지만 쿠루미 씨. 저희는 어떻게 하죠? 저희가 깔리면 그냥 죽어버릴 것 같은데요……."

"그렇군요. 그러니 부리나케 뛰어서 통과하죠."

"부리나케 뛴다고 무사히 통과하긴 어려울 것 같은데……."

"부리나케 뛰면 통과할 수 있을 속도로 조절하면 되는 거죠? 그 정도는 식은 죽 먹기랍니다."

영 쿠루미는 단총을 들었다.

"【두 번째(베트) 탄환】!"

영 쿠루미는 천장을 향해 대상의 속도를 느리게 만드는 탄환을 쏜 후, 그대로 방 중앙을 향해 질주했다.

"다음 탄환 장전. 【자인】……!"

영 쿠루미의 존재를 눈치챈 건지, 건너편에 있는 출구 쪽 셔터가 내려오기 시작했다. 하지만 영 쿠루미는 셔터가 완전히 내려오기 전에 【자인】— 시간을 정지시키는 탄환을 쐈다.

"자, 여러분. 서두르지 않으면 위험할 거예요!"

그 말을 들은 일행 전원이 입에 거품을 물며 부리나케 내달렸다.

겨우겨우 도착한 다음 방에는 함정이 없었지만, 문을 열

자마자 일행 전원이 딱딱하게 굳어버릴 만큼 무시무시한 광경이 눈앞에 펼쳐졌다.

아까와 다르게 방 전체가 숨이 막힐 정도로 좁았다. 하지만 실내의 온도는 묘하게 낮았다. 그리고 가장 큰 특징은 천장에서부터 늘어진 사슬과 연결된 갈고리에 엠프티가 걸려 있다는 점이었다.

일행 전원이 입구에서 걸음을 멈췄다. 하지만 등 뒤에서 셔터가 내려오고 있었기에 앞으로 나아갈 수밖에 없었다. 그러나 갈고리에 걸려 있는 수많은 엠프티들을 보니 걸음을 멈추지 않을 수가 없었다. 그녀들은 미동조차 하지 않았으며, 오른손에는 평범한 나이프를 쥐고 있었다. 얼굴 또한 전부 비슷하게 생겼기에 구별이 되지 않았다.

공허한 표정인 엠프티들은 고개를 푹 숙이거나, 혹은 고개를 치켜들고 있었다. 솔직히 말해, 꽤나 섬뜩한 광경이었다.

그리고 문제가 하나 있었다. 이 인계에는 시체라 불릴 만한 것은 존재하지 않는다. 죽으면 빛이 되어 사라질 뿐이다. 즉, 그녀들 전원은 **살아있다**. 혹은 죽어가면서 살아있다. 그러니까, 살아있는 시체라고 볼 수 있었다.

히비키는 마른 침을 삼키면서 영 쿠루미에게 찰싹 달라붙었다.

"꼬마 쿠루미 씨, 엠프티 정도는 식은 죽 먹기죠? 예? 예? 예?"

"그 호칭으로 부르지 말라고 대체 몇 번이나 말해야 알아들을 거죠? ……아무튼, 완전 식은 죽 먹기이긴 해요."

"그럼—."

"하지만 히비키 양도 손쉽게 이길 수 있잖아요? 충분히 이길 수 있을 거예요. 그러니 마이 프렌드만 믿을게요~."

"꼭 이럴 때만 친구 대접을 해주는 거예요?! 까르트 씨, 까르트 씨는 엠프티 정도는 간단히 해치울 수 있죠? 전대 도미니언이잖아요!"

"전대라고 부르지 마, 히고로모 히비키. 정말 무례하네. 그건 그렇고, 저기, 뭐냐, 으음…… 어쩌면, 이 엠프티들은…… 내 옛 친구들일지도 몰라……. 그런 느낌이 들어……. 아아, 나는 그녀들을 공격할 수 없을 거야……."

"갑자기 그런 우울한 과거를 늘어놓다니, 거짓말인 티 팍팍 나거든요~?! 저는 싸우기 싫어요! 여기는 완전히 호러 방이잖아요! 제가 질색하는 분야예요!"

"무슨 소리를 하는 거야, 히고로모 히비키! 정령을 모시는 준정령으로서의 자각을 가져! 이 부러운 녀석아!"

"모시는 게 아니에요~! 저와 쿠루미 씨는 살아도 같이 살고, 죽어도 같이 죽는 동지라고요~!"

"하아, 정말. 제가 앞장을 서겠어요. 손가락 하나 까딱 하지 않는 엠프티 따위에게 제가 질 리가 없잖아요!"

"……꼬마 쿠루미 씨, 방금 그건 완전 플래그 발언이잖아요."

"입 다무세요! 자, 가죠…… 가자고요!"

스읍~ 하아~, 영 쿠루미는 심호흡을 하면서 한 걸음 내디뎠다. 또각 하고 발소리가 울려 퍼진 순간, 엠프티 좀비(가칭)들이 일제히 영 쿠루미를 쳐다보았다.

"히익!"

영 쿠루미는 무심코 비명을 질렀다. 그냥 확 총으로 쏘면 되겠지만, 그랬다간 괜히 사태가 악화될 것 같은 느낌이 들었다.

'꼬마 쿠루미 씨, 괜찮으세요~?!' ←몸짓

'괜찮아요! 거기서 똑똑히 보고 계세요! 제가 루트를 확보하겠어요!' ←몸짓

다행인 건 엠프티들이 영 쿠루미에게 다가오지 않았다. 그저 영 쿠루미를 지그시 쳐다보기만 했다. 그녀들의 검은 눈동자가 더 커진 것 같은 느낌이 들었다. 뭐랄까, 어마어마하게 무시무시했다.

누군가가 자신을 쳐다보고 있거나, 남들의 시선을 모으는 것 자체에는 토키사키 쿠루미도 익숙하지만, 이렇게 무기질적인 시선이 자신을 향한 것은 처음이었다.

비유를 하자면, 식인 상어 떼가 자신을 쳐다보고 있는 것만 같았다. 무의식적으로 호흡을 멈추며 천천히 걸음을…… 옮기다…… 보니…… 코가…… 간질간질…….

"엣취~!"

영 쿠루미가 귀엽게 재채기를 하자, 뭔가가 폭발한 것처럼 엠프티들이 움직이기 시작했다. 손에 쥔 나이프를 치켜들고 일제히 덤벼들었다. 그 모습은 왠지 비인간적이었으며, 인형이 자동적으로 움직이고 있는 것만 같았다.

"꺄아~~~~~~~~~!"

영 쿠루미는 비명을 지르면서 〈자프키엘〉의 단총을 쐈다. 원래라면 영장과 함께 소멸해도 이상하지 않을 일격이었다. 하지만 그런 치명적인 공격에 의해 머리가 박살났는데도, 엠프티, 아니, 엠프티 좀비는 머리가 없는 상태에서 사방팔방을 향해 나이프를 휘둘러댔다.

그야말로 무시무시한 광경이었다.

"이게……!"

"도, 도울게요!"

"우리도 돕겠어!"

"저는 쉬고 있겠어요……."

급변한 사태를 겨우 뇌로 이해한 히비키와 까르트, 그리고 트럼프들이 방 안으로 들어섰다. 그러자 엠프티 좀비들이 목을 빙글 회전시키며 그들을 공격했다.

엠프티 좀비들은 인형을 연상케 하는 딱딱한 움직임을 선보이며 눈앞에서 움직이고 있거나 소리를 내는 누군가를 다짜고짜 공격했다.

"다리! 다리를 노려!"

까르트가 트럼프로 엠프티의 새하얀 다리를 벴다. 하지만 엠프티들은 개의치 않았다. 바닥 위를 기어 다니며 집요하게 영 쿠루미 일행을 공격했다.

"이건 대체 뭐죠?! 대체 뭐냔 말이에요!"

히비키는 울상을 지으면서 자신의 무명천사 〈킹 킬링〉을 휘둘러 필사적으로 엠프티들을 격퇴했다.

"이 엠프티들, 강해……?!"

"이 애들은 강한 게 아니라 끈질긴 거예요!"

불사신, 이라고 부르면 듣기는 좋겠지만, 이래서야 곤충이나 다름없다. 적뿐만 아니라 같은 편까지 공격하기 시작한 것이다. 영 쿠루미는 등을 베였지만, 고통을 참으며 다음 방으로 이어지는 루트를 확보했다.

"【알레프】!"

영 쿠루미는 자신을 향해 탄환을 쏜 후, 쇄도하는 엠프티 좀비들의 머리를 발판 삼아 탈출구를 향해 단숨에 몸을 날렸다. 후방의 안전을 확보한 영 쿠루미는 쓰러진 히비키를 향해 나이프를 휘두르려 하는 엠프티 좀비의 몸통에 탄환을 명중시켜 산산조각을 냈다.

"만약 이 애들의 몸에서 피가 흘러나온다면 유혈이 낭자하는 공포 영화 같겠네요!"

"그딴 생각을 할 시간 있으면 빨리 이쪽으로 오세요!"

영 쿠루미의 외침에 히비키는 바닥을 기면서 허둥지둥 그녀와 합류했다.

"히비키 양! 문 너머에 뭐가 있는지 확인해 주세요!"

"……문 너머는 복도네요. 딱히 아무것도 없는 것 같아요!"

히비키가 문을 열어보더니 그렇게 외쳤다.

"까르트 양! 트럼프에게 시스터스를 옮기게 하세요!"

"예! 스페이드! 다이아! 그녀를 옮겨!"

『알았소이다!』『라져임다!』

"잘 부탁드려요."

두 장의 트럼프가 시스터스를 들어 올린 후 허공에 둥둥 떠올랐다. 허공에 뜬 상태에서 이동하고 있는 시스터스를 노리는 엠프티 좀비도 있었지만, 출구에 도착한 영 쿠루미와 〈자프키엘〉의 장총을 쥔 히비키가 엄호를 했다.

까르트가 문을 열었고, 하트와 클로버가 영 쿠루미 일행의 앞에 서서 저격 중인 그녀를 필사적으로 지켰다.

바로 그때, 엠프티 좀비가 스페이드의 끝자락을 움켜잡았다.

『크…… 다이아! 소생은 이탈할 테니 뒷일을 부탁하오!』

스페이드는 그렇게 말하면서 시스터스를 다이아에게 맡기더니, 자신을 움켜쥔 엠프티 좀비를 공격했다.

『알았슴다!』

"스페이드! 돌아올 수 있겠어?!"

『무리일 것 같소이다~! 그러니 소생은 이만 이탈하겠소! 잘 가시오!』

"……응, 알았어! 지금까지 고마웠어!"

『숙명에 따랐을 뿐이오! 개의치 마시길!』

그 순간, 영 쿠루미와 히비키는 똑똑히 봤다. 스페이드가 울고 있는 모습을 말이다. 하지만 그것은 단 한순간 동안 벌어진 일이었다. 영 쿠루미와 히비키는 옮겨진 시스터스와 함께 복도로 뛰어든 후, 몰려드는 엠프티 좀비를 저지하려는 듯이 문을 닫았다.

쿠루미, 시스터스, 히비키는 거북한 표정을 지으며 침묵에 잠겼다.

"스페이드…… 말투가 특이해서 분간이 잘 됐는데…… 훌쩍."

"그게 지금 할 말인가요?!"

『소~생~.』

히비키가 태클을 날린 순간, 카드 귀퉁이가 찢겨진 스페이드가 문틈을 통해 밖으로 나왔다.

『……도 틀린 줄 알았소이다! 그런데 이렇게 목숨을 부지하고 말았소! 귀퉁이만 찢어지고 말았소이다! 이야~, 괜히 눈물 흘리게 해서 미안하오, 주인!』

"어이, 내 눈물을 물어내! 물어내란 말이야! 너희의 이런 점 때문에, 나는 작별을 할 때마다 감정이 메마르거든?!"

까르트가 불같이 화를 냈다.

—남은 시간 47분

◇

영 쿠루미 일행은 복도를 내달렸다. 도중에 순찰을 하고 있는 듯한 엠프티들과 마주쳤지만, 주저 없이 해치웠다.

아까 본 엠프티 좀비들이 스스로 원해서 그렇게 된 것인지, 아니면 타의에 의해 그렇게 된 것인지는 알 수 없다. 하지만 그 방과 재버워키라는 존재를 용납한 것만으로도, 이 비나에 존재하는 모든 엠프티들은 토키사키 쿠루미의 적이 됐다.

전원이 뭉쳐서 행동했다. 적들의 함정이 있을 수 있기에 천장이나 벽으로 위장한 트럼프들을 앞장서게 하면서 전투를 최대한 피했다. 어쩔 수 없이 전투가 벌어져도 가능한 한 서둘러, 그리고 조용히 해치웠다. 다행이 까르트의 무명천사인 〈세르반트 에페메르〉는 투척무기로 쓸 수 있으며, 소리를 발생시키지 않았다.

"상대가 간부들만 아니라면 이 정도는 식은 죽 먹기야."

그녀는 그렇게 말하면서 엠프티들을 순식간에 해치웠다.

히비키는 까르트가 강하다고 생각했다. 창과는 전혀 다른 타입의 강자다. 창은 정정당당한 대결에서 강세를 보였다. 온갖 계략을 그 무시무시한 파괴력으로 박살을 내는 것이다.

하지만 까르트는 상대방의 허를 찌르는 전략을 사용한다.

부하인 트럼프를 이용해 상대를 궁지에 몰아서 혼란에 빠뜨리며, 마술을 부린 것처럼 사라졌다 나타난다.

히비키는 까르트가 토키사키 쿠루미과 같은 타입이라는 것을 눈치챘다.

예전에 말쿠트에서 평온하게 살고 있을 때, 함께 살던 히류 유에에게 제3영속의 준정령에 대한 이야기를 들은 적이 있었다.

—응, 약한 건 확실해. 열 번 싸우면 열 번 다 이길 자신이 있어.

—하지만 말이야. 뭐랄까, 다른 준정령과 다르게 제3영속의 준정령에게는 정체모를 무언가가 느껴져. 상대방이 이 능력을 더욱 갈고 닦으면 다음에는 질지도 모른다. 때때로 그런 생각이 든다니깐.

—무슨 일이 일어날지 모르기에 느껴지는 그 두근거림이…… 끝내줘.

제3영속이자 비나의 도미니언인 까르트는 정체모를 힘을 지니고 있다. 그런 만큼, 히비키는 뭔가가 잘못되고 있는 듯한 불안감이 엄습했다.

『찾아주세요~! 아, 아니지! 찾았세요~!』

"말버릇 지키느라 고생이 많군요……."

문을 발견했는지 하트가 손을 흔들었다.

"고마워, 하트."

"자, 우선 문을 열고— 어머?"

문손잡이를 움켜쥐려던 영 쿠루미가 움직임을 멈췄다.

"왜 그래요?"

"……없어요."

히비키도 문을 보고 납득했다. 새하얀 복도에서 이 문만이 독특한 형태를 지니고 있었다.

푸르스름한 천문시계(바늘은 움직이지 않았다)가 문 상단부에 달려 있으며, 하단부에는 문자가 적혀 있었다. 그리고 중요한 점이 하나 있었다.

"문손잡이가…… 없네요."

문에는 문을 열기 위해 필요한 손잡이가 없었다.

"그렇다면, 저 문자에 의미가 있겠군요."

쿠루미가 손가락으로 가리킨 문 하단부에는 문자가 새겨져 있었다. 그 문자의 내용은 이러했다.

『붉은색, 검은색, 파란색, 흰색. 그 중 하나이기도 하지만, 그 중 어느 것도 아니다.』

『개념, 개념, 단순한 개념이다. 쥘 수도, 만질 수도 없다.』

『그러니, 그것이 스나크가 있는 곳으로 이어지는 문이다. 단 하나를 적중시켜라. 안 그러면 벌을 받는다.』

“이 문 너머가…… 스나크가 있는 방이라고 생각해도 될까요?”

히비키는 문장의 의미를 전혀 이해하지 못했다. 그것은 트럼프들도 마찬가지인지, 영문을 모르겠다는 듯이 고개를 갸웃거렸다.

까르트가 말했다.

“수수께끼의 답은 알겠지만…… 그 답을 대체 어떻게 하라는 걸까?”

“어, 답을 알겠어요?”

“물론이지. 간단하잖아.”

히비키는 간단하다는 말을 듣고 다시 그 문장을 뚫어져라 쳐다보았다.

……솔직히 말해 전혀 이해가 안 됐다. 그런 히비키를 보다 못한 시스터스가 그녀의 등을 손으로 톡톡 두드리며 답을 가르쳐줬다.

‘하늘, 이랍니다.’

“……아하, 하늘!”

“그래. 하늘이야.”

해질녘에는 붉은색이 되고, 밤에는 검은색이 되며, 아침에는 파란색이 되고, 눈이 내리면 흰색이 된다. 그리고 시간에 따라 변화하니 그 중 어느 것이라 할 수도 없다.

답은 간단하지만, 마지막 문장이 어려웠다.

그것이 답이라면, 대체 하늘을 적중시키라는 게 대체 무슨 소리일까.

"흐음……."

영 쿠루미는 잠시 동안 생각에 잠긴 후, 천문시계를 쳐다보았다. 시간을 조작한다는 능력 때문인지, 토키사키 쿠루미는 시계에 대해 해박했다. 자신의 지식을 동원해 본 결과, 천문시계에는 다양한 형태가 있으며 정형화된 형태는 없다고 한다.

유일하게 정해져 있는 건 황도12궁과 월령(月齡), 태양 같은 천문학적인 무언가를 측정할 수 있는 기능을 꼭 가지고 있다는 점이다. 당연했다. 그게 없다면 단순한 시계일 뿐, 천문시계가 아니니까 말이다.

그리고 이 시계는 시간 이외에 황도12궁이 시계판에 그려져 있었다.

양자리, 황소자리, 쌍둥이자리, 게자리, 사자자리, 처녀자리, 천칭자리, 전갈자리, 사수자리, 염소자리, 물병자리, 물고기자리. ……뱀주인자리는 없는 것 같았다.

하늘을 적중시켜라, 라는 것은 이 중 하나를 고르라는 뜻이리라.

하지만, 힌트가 없었다.

"마지막 문장의 별이라는 말에서는 불길한 느낌이 마구

드네요……."

"하지만 이 수수께끼는 대체 왜 존재하는 걸까."

중요한 장소라면 지키는 이의 숫자를 늘리면 된다. 엄중하게 경계하면 되는 것이다. 그런데, 수수께끼만 달랑 있다.

여러모로 미심쩍지만, 지금은 이 수수께끼를 푸는 게 우선이다.

첫 번째 문장이 하늘을 가리키고, 두 번째 문장에는 하늘에 대한 힌트가 적혀 있다. 그리고 세 번째 문장이 선택과 빗나갔을 때의 벌이 언급되어 있다.

심플하기에, 생각을 할 여지가 없었다.

"히비키 양, 까르트 양, 그리고 『저』, 혹시 뭔가 생각난 게 있다면 말해 주세요."

"으음…… 까르트 씨, 잘 부탁드려요!"

"두 번째 문장에 다른 의미가 있다거나……."

"그럴 가능성이라면 세 번째 문장에도 있죠."

첫 번째 문장이 하늘을 가리킨다는 것은 틀림없다. 그렇다면 두 번째와 세 번째 문장을 분해해서 별자리에 관한 힌트가 없는지 확인했다.

동물을 가리키는 부분은 단 하나도 없다.

양자리, 황소자리, 게자리, 사자자리, 전갈자리, 염소자리, 물고기자리는 일단 제외했다. 남은 건 쌍둥이자리, 처녀자리, 천칭자리, 사수자리, 물병자리다.

“대칭을 이루고 있는 듯한 부분은 없네요.”

쌍둥이자리를 일단 제외했다.

“여성성을 가리키는 부분도 없답니다.”

처녀자리를 제외했다.

“천칭자리라면 무게추, 혹은 균형, 기울어짐 같은 게 있을 법도 한데…… 없네.”

“사수자리와 물병자리…… 하늘을 가리키는 부분도 없고, 활을 가리키는 부분도…….”

……바로 그때, 영 쿠루미와 시스터스가 동시에 어떤 단어를 손가락으로 가리켰다.

“있군요.”

적중이란 단어는 화살 같은 것을 목표물에 맞춘다는 의미를 가지고 있다.

“그럼 사수자리겠군요—.”

그렇게 말한 영 쿠루미가 손을 뻗으려던 바로 그 순간, 히비키가 고함을 질렀다.

“잠깐만요~!”

그리고 허둥지둥 영 쿠루미의 손가락을 잡더니, 마치 손가락을 부러뜨리려는 듯한 기세로 잡아당겼다.

“아야야야얏?! 뭐하는 거죠~?!”

“두 번째 문장! 두 번째 문장을 잘 보세요! 『쥘 수도, 만질 수도 없다』! 사수자리 문양을 직접 만져선 안 돼요!”

영 쿠루미는 그 말을 듣고 몸을 뒤편으로 뺐다. 히비키가 방금 말했다시피, 사수자리의 문양을 만져선 안 될 것 같았다.

첫 번째 문장의 답을 찾기 위한 힌트라고 볼 수는 없을 것 같았다. 그 정도는 힌트 없이도 충분히 맞출 수 있으니 말이다.

"쥐는 것도, 만지는 것도 금지라면, 대체 어떻게—."

까르트의 그 말을 들은 순간, 영 쿠루미는 이 수수께끼를 완벽하게 간파한 느낌을 받았다.

"그렇다면, **쏴서 꿰뚫으면 되겠죠**."

영 쿠루미는 단총을 우아하게 들고 고혹적인 미소를 머금었다.

표적은 하늘에서 빛나고 있는 사수자리 문양이다. 쥐지도, 만지지도 않으며, 그 문양에 **적중**시키는 것이다.

영 쿠루미는 방아쇠를 당겼다.

탄환은 다른 별자리에는 닿지 않고 사수자리 문양만을 정확하게 꿰뚫었다. 그 순간, 묵직한 철제문이 소리를 내며 떨리기 시작했다.

"만세~!"

"아직 좋아할 때가 아냐, 히고로모 히비키. 이제부터 『스나크』 사냥을 해야 하잖아. 긴장을 풀지 마."

"윽…… 마, 맞는 말이에요. 정신 바짝 차릴게요!"

까르트가 지당하기 그지없는 말을 입에 담자, 히비키는 주먹을 말아 쥐었다. 바로 그때, 여전히 피곤한 표정을 짓고 있던 시스터스가 손을 들었다.

“저기, 죄송하지만 이 안에는 저희만 들어가겠어요. 괜찮죠? 『저』.”

“……어머, 어머. 시스터스, 괜찮겠어요? 저야 당신이 같이 가줘도 괜찮지만 말이죠.”

“『저』의 머릿속에 있는 수단은 저(시스터스)도 충분히 상상이 된답니다. 혼자보다는 두 명인 편이 좋지 않겠어요? 저도 조금은 도움이 되고 싶어요.”

“어머나, 멋진 마음가짐이군요.”

“예, 그럼 갈까요? 『저』.”

“히비키 양, 까르트 양, 두 분은 이곳에 계세요.”

히비키와 까르트는 얼이 나간 것처럼 입을 쩍 벌렸다.

“단둘이서?”

◇

—갑작스럽지만, 요괴 이야기를 하지 않겠어요?

영 쿠루미가 그렇게 말했다. 시스터스는 재미있다는 듯이 웃으면서 「그러죠」 하고 대답했다.

영 쿠루미는 고개를 끄덕이더니, 스나크가 있는 방 안에서 전혀 겁먹지 않은 투로 이야기를 시작했다.

"요괴에는 다양한 학설과 신앙이 뒤섞여 있지만, 궁극적으로는 『현상』이나 다름없답니다. 해를 끼치기 때문에 요괴인 게 아니라, **해를 입혔기 때문**에 요괴가 존재하는 거죠."

"즉, 피해자가 요괴를 만들어 낸다는 거군요. 함축적인 의미가 담긴 이야기예요~."

방 안에는 수많은 별이 빛나고 있는 밤하늘이 펼쳐져 있었다. 장소 자체는 울창한 나무들이 무성한 삼림지대다. 아마 꽃밭의 하늘처럼 점프를 하더라도 뭔가에 막히고 말 것이라고 영 쿠루미는 생각했다.

정적이 감도는 분위기 속에서, 불쾌한 냉기가 온몸을 쓰다듬고 지나갔다. 시스터스는 히비키에게 부축을 받을 수 없어서 그런지 제대로 걸을 수도 없는 것 같았다. 그녀는 나무에 기대섰다.

두 사람 모두 당연한 듯이 느끼고 있었다. 모습은 보이지 않지만, 누군가가 분명 있다는 사실을 말이다. 그리고 그 누군가의 감정 또한 명확하게 느껴졌다.

「나를 두려워해라」라고—.

기척은 느껴진다. 하지만 모습은 보이지 않는다. 소리는 들린다. 하지만 모습을 포착할 수 없다. 키득거리는 웃음소리도 들렸다. 게다가 그 소리는 점점, 점점 다가오고 있는 것이 느껴졌다.

……하지만, 영 쿠루미와 시스터스는 당황하지도, 총을 쏘지도 않으며 느긋하게 대화를 이어나갔다.

"예를 들어, 건조한 한랭지에서 회오리바람이 불더니, 길을 가는 이들의 피부에 어느새 상처가 생겼다— 이렇게만 본다면 불가사의하기 그지없는 일이죠. 하지만 그것에 카마이타치라는 이름을 붙인다면, 그것은 **두렵기는 해도 불가사의하지는 않답니다**. 또한, 그 현상을 파헤쳐서 어떻게 발생한 것인지 규명한다면 공포조차 느끼지 않게 되겠죠."

그것은 카마이타치도 아니고, 정체불명의 현상도 아니다. 그저 흔한 자연현상이며, 신의 분노나 부처님께서 내린 벌 또한 아닌 것이다.

"애매모호한 것, 불가사의한 것, 눈에 보이지 않는 것— **모르는 것**에 이름을 붙이는 거예요. 하지만 『스나크』에게 있어서는 정반대죠. 왜냐하면 『스나크』란 가상의 괴물 혹은 요괴니까요. 가상의 존재니까, **현상은 미지수**일 수밖에 없어요. 그렇기 때문에, **이쪽에서 한 말이 올바르게 여겨지는 것이죠.**"

까르트와 부하인 트럼프들이 진 것도 무리는 아니다.

그녀는 『스나크』를 미지의 공포로 여겼다. 그리고 이렇게 외쳤을지도 모른다.

「모습이 보이지 않아!」, 「어떻게 공격하는 건지 모르겠어」,

「어디에 있는지도 모르겠어」, 그리고 무엇보다—「이 녀석에게는 이길 수 없어」라고 말이다.

그렇게 생각하면, 『스나크』는 그런 개념의 존재가 된다.

눈에 보이지 않고, 정체불명이며, 미지의 존재이자, 절대 무적의 괴물이 말이다. 하지만 답을 알고 나면 대처 방법은 매우 간단하다.

"시스터스, 그럼 이제 시작해볼까요?"

"예. 그러세요, 『저』."

몸을 일으킨 영 쿠루미는 두려움을 모르는 것처럼 빙글빙글 돌면서 노래하듯 읊조렸다.

"한 번 읊조리면 확정되고, 두 번 읊조리면 문을 잠그며, 세 번 읊조리면 현실에 나타나죠!"

"『스나크』는 여기 있답니다. 물론, 당연히, 보이죠? 『저』."

"예. 물론이죠. 『스나크』는 여기에 있답니다. 껑충껑충 뛰지도, 날아다니지도 않으며, 느릿느릿 움직이며 저희의 눈앞에 있답니다!"

"느림보 『스나크』! 얼간이 『스나크』! 겁쟁이 『스나크』!"

"쓸모없고 무력하며 무모해요! 부끄러운 줄 모르고, 꼴사나우며, 멍청해요!"

"이제 와서는 부점보다 못한 존재군요!"

—그 순간, 마법이 풀렸다.

얼굴 없는 소녀가 겁을 먹은 모습으로 주저앉아 있었다. 『스나크』라 불리고, 두려움의 대상이 되었던 이 무적의 소녀는 망연자실한 표정을 짓고 있었다. 얼굴은 없지만, 초조함을 느끼고 있다는 것은 여실하게 드러내고 있었다.

"왜…… 어, 째서……."

영 쿠루미는 비정하게 말했다.

"당신이 숭배하는 퀸의 생각 정도는 손에 잡힐 듯이 알 수 있답니다. 반전체일지라도 **저희**니까 말이에요. 『스나크』의 존재를 알고 있다면, 재현하지 않고는 못 배기겠죠."

무지한 이들에게는 무적으로 존재할 수 있는 개념이리라. 그런 반면, 특성을 이해하고 있는 그녀라면 무조건 이길 수 있기에 그만큼 다루기 쉽다. 모아둔 시간을 지키는 파수꾼으로서는 가장 적절한 존재일 것이다.

"당신에게는 원한이 없어요. 당신 또한 저희에게 원한이 없겠죠. 하지만 퀸의 편에 선 이상, 당신은 적이에요. 자, 제 시간을 돌려받겠어요."

"……윽!"

도망치려는 건지, 혹은 맞서려는 건지는 모르겠지만, 『스나크』는 송곳니를 드러냈다. 하지만 그런 그녀보다 탄환이 더 빨랐다.

총에 맞은 『스나크』가 구구절절한 목소리로 말했다.

"……왜…… 여왕에게…… 당신들도…… 어차피…… 언젠가 죽을…… 목숨……이면서……."

영 쿠루미는 그 말을 듣고 비웃음을 흘렸다.

"저희는 이 목숨을 어디에 써야 할지 알고 있답니다."

총을 한 번 더 쐈다.

무적의 『스나크』가 죽자, 밤하늘과 울창한 숲이 사라졌다. 그 대신 나타난 것은 수많은 시계였다. 자명종시계, 탁상시계, 괘종시계, 모래시계, 그리고 손목시계도 있었다. 이 세상에 존재하는 온갖 종류의 시계가 다 모여 있는 것만 같았다.

시스터스가 비틀거리면서 몸을 일으키더니, 기쁨에 찬 목소리로 외쳤다.

"아아, 다행이에요! 저희의 『시간』이 있어요!"

"이게 전부…… 『시간』인가요?"

그렇다면 방대하기 그지없었다. 시계 하나가 1인분의 시간이라면, 이 창고에는 수천 명 몫의 시간이 보관되어 있는 것이다.

"퀸이 무슨 짓을 꾸미고 있는지는 모르겠지만, 이제 저희가 우위에 서게 됐어요. 그녀에게 있어서도 『시간』은 힘이니까 말이에요."

시스터스는 하나하나의 시계를 사랑스럽다는 듯이 매만지면서, 꿈이라도 꾸는 듯한 어조로 속삭이듯 말했다.

"그럼 우선 문제가 해결된 거군요. 이래서야 수수께끼 쪽이 더 어려웠던 것 같아요. 그럼 다른 이들을 불러오죠."

"……『저』. 잠시 시간을 내주지 않겠어요?"

시스터스의 말에 아직 어린 모습인 쿠루미가 고개를 갸웃거렸다.

"무슨 일이죠?"

"죄송해요. 사실 제 목적은 따로 있었답니다. 당신과 단둘이서 이야기를 나눌 기회를 엿보고 있었죠."

"그건 괜찮은데……."

쿠루미가 어깨를 으쓱하자, 시스터스는 아무 말 없이 고개를 끄덕였다. 그녀의 눈빛은 자신과 똑같아 보이면서도 그 안에 서늘한 기운이 어려 있는 것처럼 느껴졌다.

"저희는 이 인계에 있어도 되는 존재가 아니랍니다. 그것은 기억하고 있죠?"

"……하고 싶은 말이 대체 뭐죠?"

시스터스의 말에는 가슴을 찌르는 가시가 있는 것처럼 아픔이 느껴졌다.

"말 그대로의 의미랍니다. 저희의 목적은 **시원(始原)의 정령을 타도하는 것이죠**. 그것만은 절대 달라질 수 없어요. 그 점에는 동의하죠? 『저』."

"물론이죠. 물론이고말고요. 그래서 인계를 답파해서—."

답파해서, 그 사람을 만나러 간다. 그 마음을 밝히고 싶은 것을 참았다.

"그렇다면 히고로모 히비키 양에게 너무 정을 쏟지 말아 주세요."

"……어째서죠?"

"저희는 정령. 그녀는 준정령. 그것은 절대 변할 리 없는 격차이며, 무엇보다 그녀는 **타인**이랍니다. 이 말이 무슨 뜻인지 이해하죠? 『저』."

"그건 그럴지도 모르지만, 저는 그녀와 함께 죽을 고비를 넘어 왔어요."

"**피할 수 없는 작별이 기다리고 있는데도 말인가요**?"

……그건 알고 있다고 쿠루미는 대꾸하고 싶었다. 하지만 시스터스의 진지한 눈빛에 꿰뚫린 나머지, 그대로 말을 삼켰다.

"친구를 만들면 정이 생기죠. 그것은 언젠가 최악의 형태로 당신(저)을 파멸시킬지도 모른답니다."

시스터스의 말은 분명 옳을 것이다. 히고로모 히비키는 처음으로, 자신과 함께 싸워주는 별개의 존재였다. 그리고, 적어도 자신은 그런 존재를 처음 접한 듯한 느낌이 들었다.

"……하지만, 저는…… 저의 꿈을, 목적을, 절대 잊지 않아요."

"그게 거짓말이 되지 않도록 조심하세요. 저희는 어차피—이 세계를 임시적인 거처로 삼고 있을 뿐이니까요."

확실히 쿠루미(그녀)가 말한 것처럼, 이 세계는 토키사키 쿠루미에게 있어 임시적인 거처다.

하지만, 그렇다면 애초에 이 세계는— 누구의 소유물인 걸까.

"준정령이란 대체 뭘까요. 시스터스는 뭔가 알고 있는 게 없나요?"

"고문을 당하고 있을 때, 퀸 앞에서 자신에 대한 자질구레한 이야기를 늘어놓는 엠프티들이 있었답니다. 그 이야기를 들어보니, 유령은 아닌 것 같더군요."

"그럴 거예요. 애초에 이곳이 사후 세계라면, 저희와 비슷한 또래거나 혹은 어린 여자아이만 있는 건 이상하죠."

"예, 이상하긴 해요……."

일찍이 이곳에는 정령이 존재했다고 한다.

그 시대에 대해 아무도 이야기하지 않는 건 아는 이가 없기 때문일까, 아니면 그저 입을 다물고 있는 걸까.

"하지만, 그녀들은 순수한 정령이 아니랍니다. 적어도 어떤 계기에 의해, 현실에서 인계로 보내진 게 틀림없죠."

그것은 틀림없다.

히비키도 몇 번이나 이야기를 했었고, **자신이 히비키였을 때**도, 그녀들 중 몇몇이 그런 이야기를 했던 것으로 기억한다.

"현실에서의 이탈을 바란 자도 있거니와, 원치 않게 인계에 당도한 자도 있죠. ……제 생각에는 말이죠, 아마 본인의 의사는 상관없을 것 같아요. 현실에서 인계로 오게 된 그녀들은 그저, 무작위로 선택된 게 아닐까 싶어요."

"……하지만, 그게 대체……."

"그리고, 그녀들은 이곳에서 살며 세계를 구축하고 말았어요. 도미니언을 정점으로 삼는, 열 개의 영역으로 분할해서 말이에요. 즉, 그것은 『사회』라 불려야 마땅하다고 생각한답니다. 그리고 저희는 그 사회에 있어 최악의 이물질……『신』이죠."

그 말은 인정사정없이, 토키사키 쿠루미의 마음을 도려냈다.

시스터스는 충격을 받은 쿠루미를 보더니, 옅은 미소를 지으며 말을 이었다.

"—그러니, 신은 신답게 행동해야 하지 않을까요? 『저』."

—남은 시간 29분

◇

아무튼, 안전은 확보됐다. 쿠루미는 남아있던 히비키와 까르트를 방 안으로 불렀다. 그러자 히비키는 불만이 있다는 듯이 입술을 삐죽 내밀었다.

"왜 이렇게 오래 걸린 거예요~!"

"동감이야. 히고로모 히비키와 단둘이 있으니 정말 거북했지."

"……두 사람의 인간관계까지 제가 신경을 쓸 수는 없답니다."

"그것보다 왜 아직 그 모습인 거지? 분명 원래 모습으로 되돌아갔을 줄 알았는데 말이야."

"아, 그 점 때문에 물어볼 게 있는데…… 원래대로 돌아가려면 어떻게 해야 하죠?"

문제가 발생했다.

그 누구도, 원래대로 되돌아가려면 어떻게 해야 하는지 모르는 것이다.

"아마 이 안에 있는 것 중 하나가 빼앗긴 쿠루미 씨의 시간일 텐데 말이죠……."

셀 수도 없이 많은 시계, 시계, 시계—.

"……그럼 이걸…… 대체 어떻게 하죠?"

"일반적으로는 시계를 부수면 힘이 되돌아오는데 말이죠……."

"그럴 듯 하군요~. 어떻게 할까요? 일단 닥치는 대로 박살을 내볼까요?"

"여러모로 생각을 해봤지만, 그 방법밖에 없는 것 같군요……."

"그럼 제가 실험대가 되겠어요. 어차피 시간을 되찾아야만 하는 건 저도 마찬가지니까요."

시스터스는 걸음을 내딛고 시계를 하나 주워들어서 바닥

을 향해 힘차게 던졌다. 부서진 시계에서 흘러나온 하얀 연기가 그녀를 휘감더니, 빨려 들어가듯 사라졌다.

"어떤가요?"

"……저. 〈자프키엘〉을 빌려주지 않겠어요?"

시스터스는 영 쿠루미가 건네준 단총을 거머쥐었다. 그리고 방아쇠 부분에 손가락을 걸고 총을 빙글빙글 돌린 후, 조준을 하고 총을 쐈다.

굉음이 울려 퍼졌다. 탄환은 벽에 박히더니, 벽을 산산조각 냈다.

"아직 완전하진 않지만…… 아무래도 이 방법이 정답 같군요."

일행은 그 말을 듣고 가슴을 쓸어내렸다.

"그럼, 저도……!"

영 쿠루미는 근처에 있던 시계를 파괴했다. 시계에서 흘러나온 하얀 연기를 들이마신 그녀는 펑 하는 소리와 함께 **일곱 살 가량의 미소녀에서 열 살 가량의 미소녀로 변했다.**

크흠, 하고 헛기침을 한 쿠루미는 빙글 돌아서며 천사처럼 미소 지었다.

"어떤가요?"

"가련해." "카메라! 카메라! 카메라아아아앗!" "아…… 거울을 보세요."

세 사람은 각각 다른 반응을 보였다. 거울을 만들어서 자신의 모습을 확인한 쿠루미는 세 살 정도만 늘어났다는 사실을 이해했다. 그리고 팔을 걷어붙이고 또다시 시계를 부쉈다. 이번에는 열세 살 정도가 될 거라고 쿠루미는 생각했지만—.

다섯 살이 되었다.

바가지머리를 한 토키사키 쿠루미가 된 것이다.

“악화됐잖아요?!”

“나의 쿠루미 씨가, 천사처럼 웃고 있어…….” “히고로모 히비키가 무시무시한 표정을 짓고 있어. 트럼프들, 죽을 각오로 그녀를 제지해.” “어머나, 오히려 어려지기도 하는군요. 빼앗긴 시간의 방향성이 다른 걸까요. 자신에게 딱 맞는 걸 찾아야만 하는 것 같군요.”

쿠루미는 허둥지둥 자신이 파괴했던 것과 비슷한 시계를 몇 개 찾아 차례차례 파괴했다.

“일곱 살!” “열 살!” “열한 살 정도……?”

세 개를 파괴했지만, 아직 초등학생을 벗어나지 못했다. 조바심이 난 쿠루미는 커다란 시계를 〈자프키엘〉로 파괴했다. 그리고 그 시계에서 발생한 연기를 들이마셨다.

“스, 스마트폰…… 스마트폰 카메라…….”

히고로모 히비키는 쿠루미의 가련(로리)한 모습을 보고 정신이

혼미해진 상태였지만, 후들거리면서도 스마트폰의 카메라 기능을 작동시켰다.

이번에는 몇 살이 될까.

열두 살일까. 열네 살도 좋다. 가느다란 손발을 지녔고, 아직 소년인지 소녀인지 분간이 안 되는 미묘한 연령대의 쿠루미 씨는 최고 아닐까.

그런 생각을 하면서 연기를 들이마신 쿠루미가 변화하는 모습을 보았다. 이번에는 몸이 성장하더니, 키가 열일곱 살 때와 비슷해졌다.

"……드디어, 원래 모습으로 돌아가는 걸까요……."

목소리가 평소보다 나른한 것처럼 들렸다. 그 순간, 히비키의 머릿속에서 긴급경보가 울렸다. 안 된다. 지금의 토키사키 쿠루미를 봐선 안 된다. 봤다간, 분명, 틀림없이, 자신은 죽음을 맞이한다. 극도의 흥분 때문에 말이다.

"히비키 양, 어떤가요……?"

하지만 쿠루미가 말을 걸자, 히비키는 반사적으로 그녀를 쳐다보았다. 열일곱 살 때도 풍만하던 몸이 더욱 뛰어난 볼륨감을 지녔으며, 그러면서도 저속해 보이지 않을 만큼 성장했다. 머리카락은 길고, 부드럽게 웨이브지고 있었다.

간단히 말해, 유부녀였다. 그것도 남편이 요절해서 망연자실한 상태의 유부녀 말이다. 이 세상의 모든 연령대의 남성을 타락시키고 말 느낌이었다. 앞치마가 엄청 잘 어울릴 것

같았다.

"쿨럭!"

"온몸의 구멍에서 피가……?!"

허둥지둥 다가온 토키사키 쿠루미(스물일곱 살 미망인)를 쳐다보면서, 히비키는 생각했다.

이 사람, 성장하면 존재 자체만으로 남녀 가리지 않고 타락시키는 슈퍼 악녀가 될 것이라고 말이다.

◇

우여곡절을 겪기는 했지만, 쿠루미는 어찌어찌 원래 모습을 되찾았다. 히비키는 손수건을 물어뜯으면서 울음기 섞인 목소리로 말했다.

"우우……. 어리고, 조그마하고, 귀여운 쿠루미 씨, 잘 가렴……."

"다음에 또 그런 소리를 하면 확 날려버릴 거예요."

"그리고 아름답고 미인에 귀여운 쿠루미 씨, 어서 오세요!"

"좋아요. 앞으로는 저를 그렇게 부르세요."

"진담인가요? 진짜로 납득한 건가요?"

쿠루미는 시스터스의 지적을 그냥 무시하기로 했다.

"그것보다 시스터스, 당신도 힘을 되찾았나요?"

"예. 저(당신) 만큼은 아니지만 말이에요. 그래도 전투에서 일방적으로 밀리지는 않을 거랍니다."

"퀸과 싸우더라도 말인가요?"

시스터스는 난처한 듯이 미소를 지으며 고개를 저었다.

"유감이지만, **저는 분신이랍니다**. 그 정도의 힘은 없어요."

쿠루미는 그 말을 듣고 납득했다. 마음속으로 뭔가 이상하다고 느끼고 있지만— 그 이상함을 파헤치는 게 너무 무서워서 고개를 돌렸다.

"그것보다 까르트 양. 저는 이제 힘을 되찾았답니다. 그리고 퀸이 자리를 비운 지금이야말로 이 영역을 되찾을 기회죠. 안 그런가요?"

까르트는 고개를 끄덕이면서 힘찬 목소리로 선언했다.

"고마워, 토키사키 쿠루미. 이 비나를 되찾고 말겠어!"

그렇게 선언한 직후, 또다시 대지가 흔들리기 시작했다.

"……혹시, 또 재조립인가요?!"

"아뇨. 이렇게 빨리 재조립을 할 리가 없어요. 이건 설마……."

"컴파일—!"

인계를 벗어나 건너편 세계로 향한 정령이 강함 감정을 느꼈을 때…….

그것은 기억의 기둥(필러)이 되어서 이 인계에 생겨난다. 두 번 다시 노래를 부르지 못할 만큼 괴로운 기억이기도 하고, 사람을 사랑에 빠지게 만들 정도로 열정적인 기억이기도 했다.

"여러분, 무사한가요~?!"

"그래. 꽤 가까운 곳에서 일어난 것 같지만…… 잠깐, 어디 가는 거야?!"

쿠루미는 반사적으로 내달렸다. 정령의 기억이라고 해서 전부 **그 사람**의 기억인 것은 아니다— 그 점은 알고 있다. 괴로운 기억일지도 모른다— 그 점도 알고 있다. 알고 있지만, 걸음을 멈출 수가 없었다.

기억에 지나지 않더라도 괜찮다. 자신의 기억이 아니더라도…… 괜찮다. 그 사람의 모습을 볼 수 있다면, 기억 속에서 그 사람을 만날 수 있다면, 그럴 가능성이 조금이라도 있다면— 달린다. 내달릴 수 있다.

막아서는 엠프티는 걷어차서 쓰러뜨리거나, 신경 쓸 시간도 없다고 여기며 무시했다. 소리는 비교적 가까운 곳에서 들렸다. 긴 복도에 존재하는 무수한 문을 일일이 열어보면서, 방 안을 확인했다.

여기에는 없다. 여기에도 없다. 여기에 없다. 없다, 없다, 없다, 없다, 없다, 없다, 없다, 어디에도 없다……!

마지막 문은 눈에 익었다. 틀림없다. 예의 그 함정이 설치되어 있는 문이다. 쿠루미는 당연히 〈자프키엘〉로 날려버렸다.

문 너머의 방에 있는 건 예의 거대한 집합체(재버워키), 그리고—.

"그 기둥을 만지지 마세요!"

기둥을 향해 손을 뻗으려던 재버워키가 고개를 돌리더니,

쿠루미와 시선을 마주했다.

"……한 번 더 말하겠어요. 잘 들으세요. 그 기둥은 절대 만지지 마세요. 만약 만지려 한다면, **갈가리 찢어버리겠어요.**"

충고라기보다 협박에 가까웠다.

"어머."

"어머, 어머, 어머."

"꼴사나운 패배자가 또 왔네!"

"찾으러 갈 수고를 덜었으니 마침 잘 됐네!"

재버워키가 깔깔 웃자, 쿠루미는 허리에 손을 대면서 자신만만한 미소를 지었다.

"저는 당신을 신경 쓸 여유가 없어요. 저에게 있어, 그 『기억』이야말로 그 무엇보다 중요한 것이니까요. 만약 기둥을 향해 손을 뻗는다면—."

재버워키는 쿠루미의 말을 끝까지 들을 생각이 없는 것 같았다. 재버워키는 쿠루미를 향해 돌아서더니, 그대로 달려들었다.

"……뭐, 이런 행동이라면 눈감아드리죠."

쿠루미는 〈자프키엘〉을 기동시켰다. 거대한 시계가 등 뒤에 나타난 가운데, 그녀는 단총으로 【알레프】를 자신에게 쐈다. 그리고 고속으로 날아오르면서 재버워키가 자신을 향해 뻗은 팔을 향해 장총의 탄환을 쐈다.

팔은 탄환을 맞고 떨어져나갔다. 그러자 엉망이 된 엠프티들이 모습을 드러냈다 그대로 사라졌다.

퀸이 만든 엠프티들의 집합체. 소녀의 육체로 이루어진 악취미한 거인— 그것이 재버워키다.

하지만…….

동정은 하지 않는다. 아니, 진정으로 동정하기에 최대한 빨리 해치울 것이다. 그녀들은 먼 옛날에 최후를 맞이했다. 이 재버워키가 된 순간, 퀸에게 충성을 맹세한 순간, 이미 종언을 맞이한 것이다!

"이이이이이게에에에에……!"

고함을 지르는 그녀를 파괴한다.

철저하게, 인정사정 봐주지 않으며, 파괴한다.

누군가는 그런 행동 안에서 증오 이외의 무언가를 찾아낼 것이다. 이런 존재가 되어서, 그녀들은 진정으로 기뻐하고 있을 것인가. 이런 **터무니없는** 존재가 되는 것을, 실은 두려워하지 않았을까.

까딱 잘못했으면, **그녀**가 이렇게 되었을지도 모른다—.

토키사키 쿠루미는 그 점을 용서할 수 없었다.

하지만, 과도한 분노와 사명감 때문에 쿠루미는 실수를 범하고 말았다.

"어쩔 수 없네! 어쩔 수 없네!"

"이렇게 되면, 좀 이르지만……!"

"반역자를 해치우기 위해서라면……."

"분명 기뻐해 주실 거야! 칭찬해 주실 게 틀림없어!"

거인이, 변형했다.

"아니……?!"

새하얀 거인이 새하얀 용으로 변모했다. 거대한 입을 쩍 벌리더니, 기나긴 목을 움직여서 주위를 둘러본 후— 쿠루미와 시선이 마주쳤다.

"……윽! 【알레프】!"

늦었다. 불꽃의 숨결이 쿠루미에게 정통으로 꽂혔다. 영장이 타들어가더니, 쿠루미는 벽 근처까지 튕겨져 날아갔다. 그리고 쿠루미가 지면에 낙하하기도 전에, 재버워키의 갈고리 같은 발톱이 그녀를 움켜잡았다.

"이, 익……!"

으드득, 하고 뼈가 으스러지는 소리가 들렸다. 말단부분의 뼈에 금이 가면서, 의식이 아득해질 정도로 극심한 통증이 쿠루미를 철저하게 괴롭혔다.

"퀸을 위해!"

"퀸을 위해 살육을!"

"퀸을 위해 악행을!"

"퀸이 소중히 여기는, 이 기둥도!"

"잘 지키고 있어야지! 아, 그래도 한 번 정도는 보고 싶어!"

"그분을! 퀸이 볼을 붉히며 언급하시는 그분을!"

그 순간, 통증이 사라졌다.

"……방금, 뭐라고 했죠?"

쿠루미는 자신의 몸을 움켜쥔 손가락을 탄환으로 박살냈다.

"볼을 붉히며 언급하시는 그분? 그 퀸, 하필이면…… **저의 그분을 건드리려는 건가요**?"

머릿속에서 뭔가가 갈가리 찢겨져 나갔다. 미간에, 안구에, 입 안에, 탄환을 퍼부어서 재버워키를 움츠러들게 만든 후, 장총으로 상대의 턱을 박살냈다.

"이 기둥은 제 것이에요."

재버워키가 비명을 지르면서 턱을 움켜쥔 순간, 쿠루미는 기둥을 향해 손을 뻗었다. 그 어떤 기억이라도, 추억이라도 상관없다.

욕설을 듣는 기억이라도 상관없고, 사랑을 속삭이고 있는 기억이라도 괜찮다고 생각했다.

진심으로, 그렇게 생각했다.

◇

정령의 기억은 단편적이며, 어렴풋한 기억이 대부분이다. 괴로운 기억 또한 상당수 존재한다. 사회의 악의 때문이기도 하며, 혹은 적을 죽인다는 신념으로 가득 찬 살의이기도 했다. 하지만, 어떤 한 소년과 만날 때만큼은 기쁨의 기억과 감정이 넘쳐 나온다.

이번에 접한 기둥은 비나에 생겨난 것이기 때문일까.

그녀가 체험한 것은 바로 **토키사키 쿠루미**의 기억이었다.

정신을 차리고 보니, 조그마한 방 안에 있었다. 옷걸이에 걸려 있는 교복을 보니 남성의 방 같았다. 왠지 오슬오슬하다고나 할까…… 아니, 꽤, 엄청, 어마어마하게 추웠다.

얼음장 같은 손가락 끝을 비볐다. 그 손은 몹시 익숙했다.

'이건 혹시…… 저?'

영장은 다르지만, 이 손가락은 자신의 손가락이 틀림없다. 창문에 비친 자신의 얼굴 또한, 토키사키 쿠루미의 얼굴이었다.

그렇다면, 이것은…….

'제가 잃어버린 기억……인가요?'

차분하게 생각해 보니, 그것은 말이 안 된다. 이 컴파일의 원리를 생각해 볼 때, 그녀가 내린 결론이 말도 안 된다는 것은 금세 짐작할 수 있었다.

하지만 쿠루미는 그 논리를 고찰하는 것조차 거절했다.

그러고 싶을 만큼, 달콤한 꿈이었기에— 그 모든 것을, 묵살했다.

'—아아.'

시선이 자연스레 침대로 향했다. 그곳에는 평온한 표정으로 잠들어 있는 소녀이 있었다. 자신이 왜 여기에 있는지,

왜 한겨울에 산타클로스 코스튬을 입고 있는지 같은 사소한 의문은 전부 머릿속에서 사라졌다. 침대 안으로 들어갔다. 얼어붙었던 손발이 순식간에 온기를 머금었다.

눈앞에는, 그 소년의 얼굴이 있었다.

외치고 싶었다. 외치고, 깨우고, 꼭 끌어안고 싶었다. 하지만, 그럴 수는 없다.

이것은 어디까지나 기억에 불과하며, 피안(彼岸)[과거]에서 일어났던 일이다.

그러니 눈앞에서 펼쳐지고 있는 일을 그저 지켜볼 수밖에 없다. 손을 뻗을 수도, 만질 수도 없다.

아아, 하지만—.

"쿠루……미……."

자신의 이름을, 불러줬다. 그 사실만으로도, 가슴 속이 행복으로 가득 찼다.

"……너는…… 내가…… 구해줄……게……."

그리고, **자신**을 구하는 것이 그의 소망이라는 사실을 알았다.

미칠 듯한 정열. 미칠 듯한 사랑.

그래서, **그 너무나도 치명적인 오류에서 눈을 돌리고 말았다—.**

◇

눈을 뜨자, 다시 사지로 돌아와 있었다. 하지만, 쿠루미의 머릿속에 존재하는 생각은 단 하나뿐이었다. 그 꿈을, 그 광경을 다시 한 번 보고 싶다. 꿈에 빠져든 채, 두 번 다시 벗어나지 못하더라도 행복할 것이다.

하지만, 눈을 뜨고 말았다. 그러니, 다시 그 꿈에 빠져들고 싶었다.

그러기 위해서는 살아야만 하며, 그러기 위해서는 눈앞에 있는 『그녀(재버워키)』가 방해됐다.

"……아아, 저는 죽고 싶지 않은 거군요."

그러니 죽이자, 라고 쿠루미는 생각했다.

삶에 집착하며 발버둥친 끝에, 케테르를 답파한 후, 이름 모를 그 사람과, 다시 만날 것이다!

"키히히히히. 그러니, 당신들은 너무 방해돼요. 자— 죽어 주세요!"

요란스럽게 조소를 흘리던 쿠루미가 자신을 향해 날아오는 주먹을 향해 〈자프키엘〉의 장총과 단총을 난사하자, 그 팔은 그대로 떨어져 나갔다.

총구에서 뿜어진 불꽃이 소용돌이를 이뤘다. 호우라고 해도 과언이 아닐 만큼 수많은 탄환이 재버워키를 갈가리 찢었다.

거인일 때도, 용일 때도, 거대한 몸집에서 비롯된 결점이 여실히 드러났다. 재생과 축적을 반복하며 그 몸집을 유지하려 했지만, 재생되는 부분보다 부상을 당해 몸에서 떨어져 나가는 부분이 더 많았다.

죽어 주세요. / 탄환이 재버워키의 다리를 꿰뚫었다.

이 탄환을 맞고, 부디 죽어 주세요. / 쓰러지려 하는 그녀들의 턱을 걷어찼다.

제 꿈을 방해하지 말고, 빨리 죽어 주세요. / 눈을 조준하며 그대로 방아쇠를 당겼다.

"쿠루미 씨~! 쿠루미 씨……."

허둥지둥 뛰어온 히비키 일행이 본 것은 너무나도 처절한 광경이었다.

재버워키는 서서히 녹으면서 원래의 엠프티로 되돌아가고 있었다. 하지만 살아있지는 않았다. 그녀들은 집합체인 생명체다. 그러니 재버워키로서 죽으면, 세포 하나하나까지 사멸되는 것이다.

시체의 산, 송장 무더기. 그리고 그곳에 서 있는 피범벅이 된 여왕.

아름다우면서도, 한편으로 무시무시한 광경이 눈에 들어왔다.

"……어머나, 히비키 양."

하지만 그 피는 곧 사라졌다. 인계에서는 혈액조차도 물질이 아니다. 어느새, 평소와 다름없는 쿠루미로 되돌아온 것이다.

"저기…… 괜찮……아요?"

"뭐가 말이죠?"

쿠루미는 고개를 갸웃거렸다. 히비키는 그 모습을 보며 다시 입을 열었다.

"으음, 재버워키는……."

"죽었답니다. 제가 확실하게 죽였죠."

"……그랬겠죠……."

"대단한걸."

까르트는 탄복했다는 듯이 고개를 끄덕였다. 그녀는 쿠루미의 변화를 눈치챌 만큼 그녀와 함께한 시간이 길지 않았다.

하지만 히비키는 눈치챘다. 그녀는 분명 **그 사람**의 기억을 봤다. 보고 말았다.

그래서 행복에 젖어 있으며, 금방이라도 어딘가를 향해 달려갈 것만 같았다. 그리고 한 번 달리기 시작하면, 두 번 다시 돌아오지 않으리라.

"쿠루미 씨~. 두고 가지 좀 마세요~!"

히비키는 가능한 한 밝은 어조로 그렇게 말했다. 그 말에 담긴 의도를 눈치챈 것일까. 쿠루미의 표정이 아주 약간 어두워졌다.

"……예, 물론이죠."

그리고, 쿠루미는 그제야 자각했다.

자신이 혼자서, 재버워키를 해치웠다는 사실을 말이다.

심호흡을 하며 마음을 진정시켰다. 그렇다. 지금이 바로 절호의 기회인 것이다.

"……지금, 이 비나에는 퀸이 없어요. 그건 틀림없죠. 그러니, 이 기회를 놓칠 수는 없어요. 저는 굴욕을 받으면 철저하게 갚아주는 타입이라서요."

—남은 시간 15분

○용의자들(서스펙트)

티파레트는 어수선했다. 인계에서 가장 중요한 이벤트라 할 수 있는 영역회의에, 하필이면 퀸이 난입을 한 것이다. 그것도 아무에게도 들키지 않으며 도미니언들의 앞에 나타났다.

"엠프티들은 추방하겠어요. 앞으로 이 저택의 청소 및 수선은 당신들에게 맡기죠. 다른 이를 고용할 때는 우선 저에게 데려오세요. 이 저택에 퀸이 침입하는 굴욕을 두 번 다시 맛보고 싶지는 않군요!"

"예!"

그녀의 수하인 열성기사단(烈聖騎士團)— 그녀가 선출한, 전투능력이 매우 뛰어난 준정령들이 일제히 예를 표했다. 들고 있는 무명천사는 제각각이지만, 백은색으로 빛나는 영장만큼은 완벽하게 통일되어 있었다.

"따라오세요! 이 영역의 구석구석까지 탐색하며, 철저하게 조사하겠어요!"

미야후지 오우카는 분노에 사로잡힌 모습으로 저택 안을 직접 돌아보기 시작했다. 다른 도미니언들은 고개를 절레절레 저으며 그 광경을 보고 있었다.

결국 옅은 웃음을 흘리며 모습을 감춘 퀸은 그 후로 모습을 보이지 않았다. 하지만 이 일로 인해, 예전과는 비교도 되지 않을 만큼 그녀를 경계하게 됐다.

영역 중앙에 있는 도미니언의 저택, 그것도 중요한 의제에 관해 논의하고 있는 장소에 느닷없이 나타난 퀸이 마치 악몽처럼 사라진 것이다.

분노가 휩싸인 오우카는 저택뿐만 아니라 티파레트 전체를 샅샅이 탐색할 작정인 것 같았다.

"어, 벌써 해산하는 거구나~."

아리아드네는 졸음이 몰려오는지 눈을 비비면서 그렇게 말했다. 그녀가 말한 것처럼, 영역회의를 계속 진행할 여유는 없었다. 각자 자신의 영역으로 돌아가 대책을 짜야했다.

"……뭐, 할 이야기는 다했다. 남은 이야기는 원격통신을 통한 회의만으로 충분하겠지. 하지만 말쿠트에 도미니언을 파견하는 건에 대해서도 이야기를 나누고 싶었는데 말이야……."

『돌마스터』가 사라진 말쿠트에서는 다음 도미니언을 뽑기 위해, 준정령들이 싸움을 벌이고 있었다. 하지만 경솔한 준정령이 도미니언이 된다면, 주위의 영역이 피해를 볼 것이다.

그렇다면, 애초에 자신들의 입김이 닿는 준정령을 도미니언으로 만들면 된다. 그 작전, 그리고 누가 도미니언에 적합한지에 대해 유키시로 마야는 생각하고 있었던 것이다.

"그 영역의 도미니언 자리를 계속 비워둘 수는 없다. 퀸이 말쿠트로 전이한 후, 거기서부터 다른 영역으로 진격할 가능성도 충분히 있으니까 말이지."

마야의 말에 카가리케 하라카가 손을 들며 말했다.

"하아, 어쩔 수 없지~. 그럼 내가 가겠어."

유키시로 마야는 그 말을 듣고 인상을 찡그렸다.

게부라는 말쿠트 정도는 아니지만, 그래도 치안 유지를 위해 매우 강한 힘을 지닌 준정령이 필요한 영역이다. 게다가 게부라는 비나와 인접한 영역 중 한 곳이다. 문을 완전히 폐쇄해뒀다고 해도, 하라카가 말쿠트에 간다면 긴급 상황에서의 대처가 힘들 것이다.

"그쪽은 창과 다른 제자에게 맡기겠어. 뭐, 알아서 잘 하겠지. 그리고 문제가 생긴다면 아리아드네, **네가 나서도 돼.**"

그 말의 의미는 게부라를 아리아드네가 소유해도 된다는 것이었다. 하지만, 아리아드네로서는 귀찮기만 한 이야기다. 두 영역의 도미니언이 된들, 결국 고생만 곱절이 될 뿐이니 말이다.

"으음…… 귀찮은데……."

아리아드네는 또 졸기 시작했다. 하라카는 쓴웃음을 흘리면서 그녀의 어깨를 움켜잡았다.

"너무 그러지 마. 부탁할게. 부탁해. 부~탁~해~, 부~탁~할~게~."

"……으음…… 뭐…… 알았어……."

아리아드네는 성가셔죽겠다는 투로 고개를 끄덕이더니, 그대로 곯아떨어졌다.

"그럼 게부라는 그렇게 하기로 할게. 뭐, 말쿠트에는 『돌마스터』가 없지? 그럼 사흘 안에 결판을 내겠어. 영역이 안정되면 호크마에서 문관 타입의 준정령을 파견해서 정치체제를 정비하면 될 거야."

"뭐, 전투광인 하라카라면 해낼 수 있겠지. 힘내!"

리네무가 무례한 발언을 입에 담자, 미즈하는 불안한 눈길로 쳐다보았다. 하지만 하라카는 쓴웃음을 지으며 리네무의 머리에 손을 얹더니, 그녀의 머리카락을 헝클어뜨렸다.

"꺄아~! 뭐하는 거야?!"

"예의를 모르는 후배를 좀 귀여워해 줬을 뿐이야."

"정말~, 머리카락이 흐트러졌잖아! 미즈하, 빗 있어?"

"아, 예. 고개 좀 숙여 주세요."

"참, 너희한테 물어볼 게 있는데 말이야. 토키사키 쿠루미는 나쁜 녀석이야? 좋은 녀석이야?"

하라카의 물음에 리네무와 미즈하는 서로를 쳐다본 후, 동시에 대답했다.

"나쁜 녀석." "이에요."

"그래? 뭐, 그 편이 좋지. 내 생각에는 퀸도 선량함과는 거리가 먼 녀석 같거든. 눈에는 눈, 독에는 독, 나쁜 녀석에게는 나쁜 녀석이야."

하라카는 크게 웃으면서 사라졌다. 아무래도 이대로 말쿠트로 향할 생각인 것 같았다.

"……그럼 나도 잘래. ……잘 자……."

아리아드네는 잠을 자면서 자신의 지배영역인 헤세드로 귀환했다.

휘청거리면서 걷는 모습이 영 미덥지 않았지만, 아리아드네는 저 상태에서도 전투를 할 수 있다. 그리고 아리아드네가 **깨어나면** 아무도 막을 수 없다는 것은 그녀를 아는 이라면 다들 알고 있다. 카가리케 하라카급의 도미니언이 두 명 정도 나서야 어찌어찌 될 것이다.

"그럼 저도 네차흐로 돌아가겠어요~. 새로운 유이를 만들어야 하니까요."

네차흐의 도미니언, 사가쿠레 유리가 그렇게 말했다.

"저도 슬슬 귀환하겠어요. 요즘 들어 제8영역(저희 집)도 소란스러워서 말이죠."

그리고 반오인 카레하도 자신의 영역으로 돌아갔다. 여동생인 반오인 미즈하에게는 눈길 한 번 주지 않으면서 말이다.

이 자리에 남아있는 이는 키라리 리네무와 반오인 미즈하, 그리고 호크마의 도미니언인 유키시로 마야뿐이었다.

"그럼 우리도 돌아갈까?"

"예. 빨리 돌아가서 어떻게 방비를 할지 논의해야 할 것 같아요……. 이 티파레트에서 용병을 고용하는 건 어떨까요?"

예소드의 전투능력은 다른 영역에 비해 압도적으로 뒤떨어진다. 용병을 고용해 전력을 보강하는 것도 고려해야겠다고 두 사람은 의논하기 시작했다.

"—키라리 리네무. 반오인 미즈하. 잠깐 시간 좀 내주겠나?"

"어라라?" "유키시로 마야 양……?"

두 사람은 자신들에게 말을 건 마야를 의아한 눈길로 쳐다보았다. 예소드와 호크마는 영역이 떨어져 있기 때문에 접촉할 일이 거의 없다.

아니, 호크마는 어느 영역과도 접점을 만들려고 하지 않았다. 영역회의에는 매번 참가하고, 회의의 진행을 담당하기도 하지만, 의견을 내놓거나 자신의 영역에 관해 이야기하는 일은 거의 없었다.

모든 것을 자신과 상관없는 일로 여기며, 영역에 틀어박혀 모든 것을 기록하기만 하는 준정령……. 리네무는 마야에게 그런 이미지를 가지고 있으며, 미즈하 또한 별반 다르지 않았다.

"별일도 다 있네. 네가 우리한테 말을 다 걸고 말이야~. 마야, 무슨 일이야?"

"……셋이서 이야기를 나누고 싶다."

"좋아. 어디서 이야기할까?"

"이 저택 이외의 다른 장소가 좋겠다. ……티파레트에 차분하게 이야기를 나눌 수 있는 장소가 있을까?"

"으음…… 단골 카페가 있긴 한데, 거기도 괜찮을까?"

마야는 그 말을 듣고 살며시 고개를 끄덕였다.

◇

키라리 리네무가 도미니언이었던 시절, 다른 영역에서 출장 라이브를 한 적이 있다. 특히 티파레트는 대부분의 영역과 접속되어 있는 인계의 허브 같은 곳이다. 그러니 여기서 라이브를 해서 예소드의 지명도를 높이고, 여차할 때는 조력을 요청하자는 게 본래 목적이었다. 하지만, 라이브의 반응이 너무 좋아서 콧대가 높아진 리네무는 몇 번이나 원정 라이브를 감행했다. 그 탓에 오우카한테서 몇 번이나 불평을 들어야만 했다.

"그리고 그때 맛있는 가게 탐색도 했었어~. 여기는 그때 발견했던 가게야. 아, 저기요~. 스트로베리 파르페 주세요~."

엠프티가 아니라 자동BOT이 주문을 받았다. 부엌에 있는 준정령이 「좋았어!」라고 외쳤다. 이 가게의 준정령은 파르페를 비롯한 디저트를 존재이유로 삼고 있었다.

영력이 있으면 파르페를 만들어낼 수 있지만, 그것은 손님이 상상한 맛에 지나지 않는다. 진짜로 맛있는 디저트를 먹고 싶다면, 『맛있는 디저트를 손님에게 대접하는 것』을 삶의 양분으로 삼는 준정령의 가게에 가야만 한다.

이 가게는 그런 곳 중 하나다. 스트로베리 파르페의 꼭대기에 자리한 커다란 딸기는 흙과 씨앗, 그리고 물을 이용해

재배한 것이다. 영력을 소비해서 딸기를 만드는 것보다 손이 많이 가지만, 맛은 이쪽이 훨씬 뛰어났다.

"……나는 이 정성을 높이 사거든. 그래서 여기에 올 때마다 스트로베리 파르페를 시켜."

"흠, 맛있다. 딸기를 창조하는 게 아니라 재배하는 건가……. 정말 흥미로운걸."

"맛있어요……. 선배는 별의별 걸 다 아네요. 정말 멋져요."

마야와 미즈하는 고개를 연신 끄덕이면서 스트로베리 파르페를 즐기고 있었다.

"그런데 할 이야기가 뭐야?"

마야는 주위를 둘러보았다. 오전이라 그런지 카페 안은 한산했다. 하지만 그래도 마야는 혹시나 하는 마음에 책을 펼쳤다.

"개봉— 제3의 서 〈사상은닉이론(캐츠 룰)〉."

반투명한 커튼이 세 사람이 앉아있는 자리를 감쌌다.

"이거, 네 능력이야?"

"정확하게는 좀 다르다. 내 무명천사는 책장. 그 책장의 책에 여러 능력을 서적화해 두고 사용하지. 책장에서 책을 꺼내는 단계를 거쳐야 하기 때문에, 전투에 적합하지는 않지만— 이럴 때는 만능에 가깝다."

방금 그녀가 쓴 것은 차폐(遮蔽) 능력이다. 이제 그녀들의 모습은 눈으로 볼 수 없고, 아무리 큰 소리로 떠들어도 목소리가 밖으로 새어나가지 않는다. 그뿐만 아니라 내부에 있는 그녀들을 관측할 수도 없는 것이다.

"……그럼 솔직하게 묻겠다. 아까 회담 때, 수상한 행동을 하던 도미니언은 없었나?"

리네무와 미즈하는 그 말을 듣고 고개를 갸웃거렸다.

"뭐? 그게 무슨 소리야?"

"저기, 무슨 말을 하는 건지 잘……."

"도미니언 중에 **상대쪽**의 편에 선 자가 있을 거라고 나는 생각한다."

"윽?! 그그그그그, 그럼 퀸에게 붙은 도미니언이 있다는 거야?!"

마야는 고개를 끄덕였다. 은테 안경이 의미심장한 빛을 뿜었다.

"아까 퀸이 등장한 일에는 석연치 않은 점이 있다."

"그건…… 그녀가 정령이기 때문 아닐까요? 토키사키 양처럼 말이에요."

"아니, 장대한 목적을 지녔다면 그건 그것 나름대로 이해가 되지. 하지만 석연치 않은 건 그녀가 세계에 간섭하는 방식이다. 엠프티들을 조종해서, 테러리즘적 활동을 한다……. 그것은 이해한다. 하지만, 이번에는 대체 뭘 하러 온 것일까?"

"선전포고를 하러 온 거 아닐까?"

"필요성이 낮다. 유희라고 여기기에도 한도라는 게 있지.

만약 나나 하라카가 문이 존재한다는 걸 재빨리 눈치채고 파괴했다면, 퀸은 도망치지도 못하고 그 자리에서 당하고 말았을 것이다.”

“뭐, 그렇게 됐다면 우리는 그 싸움에 휘말려서 죽었을지도 모르지만 말이야!”

리네무의 말에 미즈하도 동의했다. 방금 마야가 한 말은 다수의 희생을 전제로 하고 있다. 적어도, 전투능력이 뒤떨어지는 도미니언은 목숨을 잃을 것이며, 다른 도미니언의 희생 또한 피할 수 없다. 까딱하면 티파레트 그 자체가 파괴될 우려마저 있다.

하지만…….

“그래도 패배할 가능성은 분명 존재했다. 그런데도, 위험을 감수하면서까지 퀸이 그 자리에 나타난 이유는 대체 뭘까?”

“모르겠어.”

“……미끼, 가 된 걸까요?”

마야는 미즈하의 말을 듣고 고개를 끄덕였다. 그러자 리네무는 더 영문을 모르겠다는 듯이 고개를 갸웃거렸다.

“강하게 어필하려 한 걸지도 모른다. **퀸과 우리가 적대관계**라는 걸 말이야. 그 선전포고 때문에 우리는 서로의 손을 맞잡아야 할 필요와 필요성이 생겨났다. 하지만, 만약 우리 중에 배신자가 있다면—.”

“……치명적이겠군요.”

미즈하는 얼굴에 그늘이 진 채 고개를 저었다.

"하지만, 왜 우리에게 그런 이야기를 해주는 거야?"

"너희는 위험도가 낮고, 무엇보다 이미 토키사키 쿠루미와 인연이 있다. 퀸도 너희를 배신자로 만들려고 하진 않겠지."

"……저희 외에 신용할 수 있는 사람은 있나요?"

"……모르겠다. 도미니언끼리는 교우관계를 형성하지 않으니 말이다. 서로의 속사정을 알지 못하지. 아리아드네가 항상 잠을 자는 이유도, 미야후지 오우카가 통일감을 선호하는 이유도, 하라카가 싸움을 갈구하는 이유도, 나는 알지 못한다."

"그래. 나도 몰라!"

"키라리 리네무. 너는 직감을 통해 도미니언들을 파악하고 있는 걸로 여겨진다. 그녀들에 대해 뭔가…… 아는 건 없나?"

"으음…… 배신자인지까지는 모르겠지만 말이야! 우선 아리아드네. 그 애는 엄청 강한 것 같아. 카가리케 하라카에게 버금갈 정도로 강할 거야! 그래서 멍한 것 같지만 실은 자신만만해! 그리고 하라카는 저래 봬도 꽤 고민이 많고, 그것에 속박되어서 자유롭게 움직이지 못하는 듯한 느낌이 있어. 그리고 그걸 엄청 불만으로 여겨. 오우카는…… 으음…… 잘 모르겠네. 내가 본심을 꿰뚫어보지 못한 건 그 애뿐일 거야. 사카쿠레 유리는 말 안 해도 알겠지만 여동생 도착자야. 아, 하지만…… 내 생각인데, 본인도 그걸 눈치채고 있을지도 몰라. 제8영역의 반오인 카레하…… 미즈하의 언니는…… 겁에 질려 있었어."

"겁에…… 질려 있었다고요? 언니가……?"

"미즈하는 카레하를 어떻게 생각해?"

리네무의 물음에 미즈하는 힘없는 미소를 지었다.

"저에게 있어서는 절대적인 힘의 상징 같은 사람이었어요. 항상 강하고, 말쿠트에서도 아무렇지 않게 살아남은 데다, 조심성이 많죠. 저는 항상 언니의 등 뒤에 숨어 있었어요. ……그래선 안 된다고 생각해서 예소드에 오게 된 거예요."

"반오인 카레하는 동생과 헤어진 후, 게부라에서 카가리케 하라카와도 싸웠다. ……틀림없이, 전투형 준정령이다. 그런 그녀가 겁에 질려 있다고?"

"아, 어디까지나 내 직감에 불과하니까 증거가 없거든? 빗나갈 때도 있으니까, 너무 믿지는 말아 줬으면 좋겠는데……."

리네무는 자신 없는 목소리로 중얼거렸다. 확실히 리네무가 방금 한 말에는 증거가 없다. 그러나, 마야는 이렇게 생각했다. 그녀는 직감이라고 여기지만, 실제로는 『소리』를 듣고 있는 걸지도 모른다.

심장이 뛰는 소리, 몸을 움직일 때 나는 미세한 소리, 그리고 피가 흐르는 소리. 소리가 중요시되는 예소드의 도미니언인 그녀는 평범한 이들은 들 수 없는 것을 무의식적으로 들을 수 있으며, 그것을 직감이라 착각하고 있는 걸지도 모른다.

하지만 이런 말을 해봤자 소용없을지도 모른다. 마야는 몸을 일으키면서 벽을 해제했다. 그러자 가게 안의 소리가 다시 들려왔다.

"……말 안 해도 알겠지만, 이 일은 비밀로 해줬으면 한다. 반오인 미즈하, 키라리 리네무의 입단속을 시키도록."

"너무하잖아! 나도 그 정도 눈치는 있거든?!"

"예, 말조심 시킬게요."

"미즈하까지 그러기야?! 정말, 너무하네~! 내 신용도는 대체 얼마나 낮은 건데?!"

"거의 제로에 근접한다."

리네무는 더 이상 할 말이 없다는 듯이 그대로 테이블에 엎드렸다. 미즈하는 쓴웃음을 지으면서 그녀의 머리를 쓰다듬어줬다.

카페를 나선 마야는 자신이 지배하는 호크마로 이어지는 【샤마임 크비슈】로 향했다. 그리고 무서워서 입에 담지 못했던 질문을 읊조렸다.

"그녀는— 나를 어떻게 생각할까?"

만약 이 질문을 던졌다면, 키라리 리네무는 아무렇지도 않은 듯이 이렇게 말했으리라.

"마야는 비밀을 가지고 있지? 그것도 어마어마하고, 자기 혼자서는 견뎌낼 수 없는 레벨의 비밀 말이야. 그걸 지키기 위해서라면, 우리도 죽이려고 들 거지?"

그렇다.

유키시로 마야는, 그리고 호크마는 거대한 비밀을 품고 있으며, 그 비밀은 절대 밝혀져선 안 된다. 설령, 다른 도미니언이 퀸에게 몰살당할지라도 말이다.

◇

분신인 토키사키 쿠루미라는 존재를 통해 유추해 볼 때, 그녀들은 두 가지 과거를 가지고 있다. 탄생하기 전의 과거, 그리고 탄생한 후의 과거다.

탄생하기 전의 과거는 동일하지만, 그 후는 다르다. 현실에서 그것이 표면화되지 않는 건 토키사키 쿠루미가 항상 하나의 목적을 이루기 위해 행동하고 있기 때문이다.

그러니 다른 삶을 체험하게 된다면, 그만큼 미묘하게 달라지고 만다.

여기서 질문 하나

—고문. 오염. 조소. 세뇌. 고통. 강탈.

잔학하기 이를 때 없는 행위를 당하며, 그 누구도 자신을 구원해 주지 않을 거라 확신하고 만 토키사키 쿠루미는 어떤 존재에 이르고 말 것인가?

“저기…… 까르트 씨. 단둘이서 하고 싶은 이야기가 대체 뭐죠?”

잔뜩 긴장한 히비키는 머뭇거리면서 그렇게 물었다. 시스터스의 말을 떠올렸다. 「저는 저 준정령을 믿지 못하겠어요」 ― 눈앞의 소녀는 솔직히 수상쩍었다.

지금, 토키사키 쿠루미와 시스터스는 퀸이 도착하기 전에 룩을 해치우기 위해 비나 안을 뛰어다니고 있었다. 시간을 되찾은 그녀들을 막을 수 있는 이가 존재할 리가 없다.

“좋아. 솔직하게 묻겠어!”

그녀의 신호에 맞춰, 네 장의 트럼프가 히비키를 포위했다.

“히고로모 히비키, 네 정체를 밝혀!”

히비키 또한 〈킹 킬링〉을 꺼내들었다. 까르트는 아직 히비키의 능력을 모른다. 파괴력은 없지만, 강탈에 성공하기만 한다면 전황을 그대로 역전시킬 수 있다. 가능하면 이런 짓은 하고 싶지 않지만, 여차하면 어쩔 수 없다.

“그러는 당신이야말로 다른 꿍꿍이가 있는 거잖아요! 까르트 아 쥬에!”

“시치미 떼지 마! 네가 꿍꿍이가 있어서 토키사키 쿠루미님을 따라다니고 있다는 건 이미 알고 있어!”

“……예?”

느닷없이 이상한 소리를 들었다.

히비키가 영문을 모르겠다는 표정을 짓고 있자, 까르트는 머리카락을 쓸어 올리면서 하늘을 우러러보더니, 노래하는 듯한 어조로 외쳤다.

"이제까지의 네 행동을 볼 때, 마치 그분과…… 친구라도 되는 것 같아! 딱히 부럽지는 않지만! 그러면서도 몰래 흉계를 꾸미고 있다니, 정말 사악하구나!"

그리고 갑자기 트럼프 네 장이 까르트와 함께 줄지어 서서 손에 든 무기로 히비키를 겨눴다.

"그 흉계를 이실직고한 후, 순순히 오라를 받아라!"

『받도록!』『받아주세요~!』『받는 편이 좋을 것이오!』『받는 편이 좋을 검다!』

"예에에에엣?! 무슨 소리를 하는 거예요! 진짜 멍청한 결론이네요! 그것보다, 다른 꿍꿍이가 있는 건 당신이잖아요?! 증거도 있다고요!"

참고로 딱히 증거는 없으며, 그냥 입에서 나오는 대로 말해봤을 뿐이다.

"뭐…… 대체 내가 뭘 꾸미고 있다는 건데!"

까르트는 부들부들 떨면서 그렇게 말했다. 하지만 히비키 입장에서 본다면 수상한 이는 당연히 그녀다. 그것도 그럴 것이, 너무나도 갑작스러운 게스트였던 것이다.

"느닷없이 우리 앞에 나타나서 목숨을 걸고 협력해 주는 것만 봐도, 다른 꿍꿍이가 있다고 생각할 수밖에 없다고요~!"

까르트는 그 말을 듣고 한 방 먹은 듯한 반응을 보였다.

"……그, 그게! 우리는 압도적인 열세에 처해 있어! 그런 상황에서 정령을 자처하는 엄청난 힘의 소유자가 나타난다면, 협력하는 게 당연하잖아?!"

"그, 그건 그렇지만요. 그렇다고 해도 너무 헌신적인 것 아닌가요? 처음 만났을 때만 해도 쿠루미 씨는 힘을 잃은 상태였는데—."

"무슨 소리를 하는 거야. **또 한 명의 쿠루미 님이 계셨잖아.**"

"어, 아, 그러고 보니 그랬죠. 어? 하지만 그분은 쭉 감금되어 계셨지 않나요?"

"그래. **그래서 구하려고 한 거야.**"

—어라?

뭔가 이상했다. 이야기가 치명적으로 어긋나고 있는 듯한 느낌이 들었다.

"……까르트 씨는 또 한 명의 쿠루미 씨…… 지금은 시스터스라는 이름을 쓰고 있는 분과 친분이 있나요?"

"당연히 있지. 뭐, 고문이 잠시 중단된 틈에 어찌어찌 정보를 교환한 게 전부지만 말이다. ……그래도, 정말 멋진 분이야."

까르트 씨는 볼을 붉히면서 추억을 곱씹는 듯한 어조로 중얼거렸다.

뭔가가 이상했다……. 히비키는 마음속에서 걷잡을 수 없이 커지고 있는 불길한 예감 때문에 머릿속이 뒤죽박죽이

됐다.

"저, 저기…… 까르트 씨. 즉, 시스터스 씨와는…… 아는 사이인 거죠? 하지만 초면인 것처럼 보였는데……."

"아, 그건 쿠루미 님, 아니, 시스터스 님께서 부탁하셨어. 그러는 편이 동료로 쉽게 받아들여질 거라면서 말이야."

"……혹시 시스터스 씨한테서 저에 대한 이런저런 이야기를 들었나요?"

"그래!"

―치명적인 모순이 발생했다.

"까르트 씨!"

"왜, 왜 그러지?! 아, 드디어 자백을 할 생각이 든 거구나!"

히비키는 무명천사를 해제하더니, 까르트의 소매를 잡아당기며 이렇게 외쳤다.

"함정이에요!"

이 함정이 언제 만들어진 걸까― 하고, 토키사키 쿠루미는 생각했다.

처음 만났을 때, 는 아니다. 아마 그 이전부터 존재했을 것이다. 사로잡혀 고문당하고, 무기를 빼앗겨 생존의 찬스가 전무해졌을 때가 아닐까― 하고, 토키사키 쿠루미는 생각했다.

쿠루미와 시스터스는 남은 15분 동안 룩을 처리하기로 했다. 물론 퀸은 바로 【아크라브】를 써서 그녀를 부활시킬 수 있을 것이다. 하지만, 퀸도 그 힘을 무한정 쓸 수 있을 리가 없다. 무엇보다, 룩과 싸우면서 자신이 어느 정도의 전투력을 지니고 있는지 이해하고 싶었다.

도망치는 것은 어렵지만, 쫓는 것은 간단했다. 그것도 자신들을 쫓아다니던 존재라면 말이다.

룩과 마주친 장소는 바로 시스터스가 자신의 이름을 정한 그 꽃밭이었다.

"그쪽으로 갔어요!"

"예, 알았답니다!"

"이게—! 토키사키 쿠루미! 그 『시간』을 대체 어디서 손에 넣은 거냐!"

룩이 휘두른 거대한 낫에 의해 꽃이 잘려나갔다. 히비키와 까르트는 룩을 찾기 위해 다른 장소로 향했다. 인원이 절반으로 줄기는 했지만, 토키사키 쿠루미와 시스터스는 스나크를 쓰러뜨리고 시간을 되찾은 상태였다.

"……설마…… 우리의…… 스나크를 쓰러뜨린 거냐?!"

룩은 분노를 터뜨렸다. 보고에 따르면 새롭게 나타난 토키사키 쿠루미의 시간도 빼앗았다. 그렇다면 이제 궁지에 몰아넣기만 하면 된다. 그렇게 생각했지만, 그녀들은 스나크를 해치운 것이다. 정체불명에 눈에 보이지도 않는 그 괴물은 법칙을 풀지 않는 한 해치울 수 없는데도—.

"법칙을 푼 건가……. 이렇게 짧은 시간에……!"

15분 후면 퀸이 돌아온다. 그러니 그 전에 이 방에서 룩을 해치워야만 한다.

쿠루미가 아무리 시간을 되찾았더라도, 혼자서는 어려울 것이다.

하지만 시간을 되찾은 덕분에 회복이 된 시스터스는 자신이 〈자프키엘〉의 절반인 장총을 들고 협공하겠다는 제안을 했고, 쿠루미는 그 제안을 받아들였다.

그리고 그 작전은 완벽하게 먹혀 들어갔다.

"【알레프】!"

"흩어져!"

낫이 분리됐다. 예소드에서 싸웠을 때는 자신을 향해 날아드는 낫을 총으로 쏴서 떨어뜨릴 수밖에 없었지만, 지금은 다르다.

"자, 이쪽이에요. 【베트】."

히고로모 히비키와 함께 싸운 적도 있고, 창과 힘을 합친 적도 있다. 하지만 시스터스와의 협공은 그들과 차원이 달랐다. 〈자프키엘〉의 권총을 쥐고, 쐈다.

그리고 아이 콘택트를 할 필요도 없었다. 믿기지 않을 만큼 자연스럽게, 물 흐르듯이, 그리고 칼날처럼 예리하게, 쿠루미와 시스터스의 공격은 한도 끝도 없이 예리해졌다.

모처럼 만들어낸 홍련의 낫 — 원래라면 자동적으로 날아다니며 공격을 펼칠 무시무시한 병기 — 가 전혀 힘을 발휘하지 못했다. 그저 둔중하게 움직일 뿐인 잡동사니에 지나지 않았다.

"【자인】!"

시스터스가 룩의 시간을 정지시켰다. 룩은 반사적으로 손에 쥔 낫을 내던져서 탄환을 막았다.

하지만 룩이 안도의 한숨을 내쉬기도 전에, 하늘에서 목소리가 들려왔다.

"—【자인】."

"앗……."

그야말로 반칙급의 기술인 2연속 시간 정지가 펼쳐졌다. 이것은 절대 막을 수 없다. 결국 룩의 시간은 정지됐다.

쿠루미와 시스터스는 그런 룩을 향해 총을 난사하고 또 난사했다.

눈 한 번 깜빡이는 사이에 벌어진 일이었다. 룩에게 죽음을 각오할 틈조차 주지 않으며, 그녀의 온몸에 죽음을 초래하는 탄환이 박혔다.

충격이 두 번, 세 번, 느껴졌다. 그 뒤의 일은 알 수 없었다. 앞뒤도, 좌우도, 하늘과 땅도 분간을 못한 채 스러졌다.

결국 자신의 무명천사 〈버밀리언〉이 산산조각 나더니, 의식 또한 흐릿해졌다.

—이길 수 있을 리가 없다.

마치 피라냐 떼를 상대하는 것이나 다름없다. 아니, 그것보다 더 심했다. 저것은 상어다. 부자유스러운 시간이라는 바다에서 손발을 버둥거리고 있는 이들을 비웃으며, 유유히 덮쳐드는 식인상어 무리가 아닐까.

죽음은 무섭지 않다. 죽음은 기쁨이다.

하지만, 과연 퀸에게 도움이 됐을까? 자신은 아무것도 못한 채, 결국, 엠프티라도, 룩이라도 별반 다르지 않은 죽음을—.

……룩은 침묵에 잠긴 채 쓰러졌다. 그리고 순식간에 소멸되어 사라졌다. 그녀와 마주치고 해치우는 데까지, 5분도 채 걸리지 않았다.

"자, 이제 퀸을 맞이하기만 하면 되겠군요."

꽃이 흩날렸다. 시스터스만이 아니라, 이 꽃밭에 있는 온갖 꽃이 흩날리고 있었다. 쿠루미가 어딘가를 향해 달려가려던 순간, 시스터스가 불러 세웠다.

"아아, 잠시만 기다려 주세요."

그 말을 들은 순간, 불가사의하게도— 어떤 예감이 들었다. 불길함, 그리고 죽음의 징조…… 평온한 목소리 안에는 그런 것들이 가득 들어 있었다.

그래서, 쿠루미는 돌아보았다.

그리고 두 눈을 치켜뜨고, 뭔가 납득을 한 것처럼 고개를 끄덕였다.

천천히, 〈자프키엘〉의 단총으로— **시스터스를 겨눴다.**

시스터스는 〈자프키엘〉의 장총을 치켜들었다.

그리고 그것으로, **쿠루미를 겨눴다.**

바람이 불었다. 또다시 꽃이 흩날렸다. 그래도 꽃은 무한히 피어나고 있으며, 아무리 시간이 흘러도 꽃비는 잦아들지 않았다.

"이유를 물어도 될까요?" —쿠루미의 질문.

"아뇨. 대답해드릴 수 없답니다." —시스터스의 대답.

그렇다면—.

그렇다면, 이 질문에는 의미가 없다. 뼈에 사무치는 아픔이 쿠루미의 가슴을 때렸다. 하지만, 이유를 물어도 시스터스는 대답해 주지 않으리라.

그저, 한 가지 분명한 것은…….

그녀가 쭉, 이 기회를 노리고 있었다는 사실이다. 즉, 전부터 자신을 배신했다는 사실이다. 그리고 토키사키(자신) 쿠루미가 반전체처럼 자기 자신을 잃지 않은 이상, 이것은 시스터스의 폭주이자 탈선(脫線)이다.

……아니, 이런 상황이 벌어질 것을 전혀 예측하지 못했다고 한다면, 그것은 거짓말일지도 모른다.

또 한 명의 자신, 분신. 왠지 그녀와는 결판을 내야만 한다는 느낌을 받고 있었다.

왜냐하면 자신의 등을 응시하는 그녀의 눈동자에는 극도의 살의가 존재했다. 자신이 힘을 손에 넣자마자 바로 죽여버리고 싶다— 그렇게 외쳐대고 있었다.

좋아요, 라고 쿠루미는 생각했다.

그것이 『저』의 선택이라면, 저 또한 총을 움켜쥐죠.

남은 시간은 5분. 이긴 쪽이, 다시 퀸과 대치할 수 있다.

“【알레프】.”

“【알레프】.”

어차피, 서로가 처음으로 쏠 탄환은 정해져 있다. 그렇기에, 상대를 향해 총을 겨누고 방아쇠를 당겨서, 적을 강화시켜 주기로 했다. 마치 페어플레이 정신에 입각한 듯한 행동을 보며 쓴웃음을 흘렸다.

대지를 박찼다.

저와, 『저』는, 동시에 울부짖었어요.

“자— 『저』! 전쟁(데이트)을 시작하죠!”

—남은 시간 5분

○토키사키 쿠루미와 토키사키 쿠루미와 토키사키 쿠루미

시스터스라는 이름의 소녀가 사로잡힌 후로 할 수 있는 것은 단 하나뿐이었다. 퀸에게 흡수당한 〈자프키엘〉은 되찾을 수 없다. 즉, 전투수단을 빼앗기고 만 것이다.

그래서 생각했다. 사고했다. 작전을 짰다— 그녀가 기댈 곳이라고는 그것뿐이었다.

꿈속으로 도피할 여유도 없고, 여백도 없으며, 절망은 싫었다. 그래서 하염없이 생각했다. 살해당할 일은 절대 없다. 그렇다면 다음 토키사키 쿠루미가 올 때까지 **어떻게 살아남을 것인가**를 생각했다.

그리고, 다음 토키사키 쿠루미가 온 후에 어떻게 살아남을지도 생각했다.

시간은 넘칠 정도로 존재하며, 그 누구도 그녀를 신경 쓰지 않았다. 어떤 토키사키 쿠루미가 올 것인가, 무슨 말을 어떻게 하면 상대(그녀)가 자신의 뜻대로 움직일 것인가.

중요한 사항은 단 두 가지다.

하나, 자신의 『시간』을 되찾는 것.

둘, 협력자가 있을 경우, 그들과 떼어놓을 것.

양쪽 다 뜻대로 됐다.

—왜 이런 짓을 하는 건가?

—왜 싸워야만 하는 건가?

—하다못해 퀸과 싸운 후에 싸우면 안 되는 건가?

아아, 안 되겠어요. 그렇게 직선적으로 뻔히 보이는 방법으로는 안 돼요.

저는 다른 이름을 얻었어요. 토키사키 쿠루미에서 이탈해, 다른 목적을 얻었어요. 저는 『저』를 죽이고서라도, 짓밟고라도 이루고 싶은 게 있어요.

"그래요! 그러니! 저에게 힘을 양보하고 퇴장해 주세요!"

시스터스가 외쳤다.

쿠루미는 마음속으로 헛소리 하지 말라고 외치며 신경이 타들어가는 듯한 분노를 느꼈다.

"그런 하찮은 일을 위해서 말인가요?! 헛소리 좀 작작 하세요!"

총탄이 귀를 스치고, 목을 스치며, 영장을 찢었다. 그런데도, 정면에서 돌격을 감행했다.

원거리 총격전은 서로를 상처 입히며 시간을 낭비하는 짓에 불과하다는 것을 이해하고 있다.

그렇다면 선택지는 접근전뿐이다. 다행히도 시스터스에게 건네준 〈자프키엘〉은 장총, 그리고 쿠루미가 쥔 것은 단총이다. 총의 길이가 겨우 1미터 정도 차이 날 뿐이지만, 접근전에서는 압도적인 우위에 설 수 있을 것이다.

한편, 시스터스는 거리를 벌리고 싶었다. 그녀의 장총은 당연히 원거리 전투에 적합했다.

시스터스는 거리를 벌리고 싶었고, 쿠루미는 거리를 좁히고 싶었다.

하지만—.

"아니……!"

"아아, 기분 좋아요! 드디어! 드디어, 저는 자유를 찾았어요! 만족감을 느끼고 있답니다!"

시스터스는 환희에 찬 외침을 지르면서 접근했다. 복싱에 비유하자면 인파이트를 벌이려 하는 것이다. 단총을 쥔 쿠루미라면 몰라도, 시스터스에게는 싸우기 힘든 거리다.

하지만, 그녀는 옅은 미소를 지으며 관절을 억지로 움직이더니, 장총으로 쿠루미의 미간을 조준했다. 팔을 억지로 비틀면서 무리하게 자세를 취한 것이다.

그와 동시에, 방아쇠를 당겼다.

피가 튀었다. 탄환이 자아낸 충격(임팩트) 때문에 한순간 의식을 잃었다. 굉음이 아직도 귀 안에서 맴돌며, 자신이 전장에 있다는 것을 실감하게 했다.

"【알레프】!"

"【베트】!"

쿠루미는 자신을 가속시켰고, 시스터스는 쿠루미를 감속

시켰다— 즉, 플러스마이너스 제로였다.

장전.

쿠루미는 장전을 했지만, 시스터스는 장전을 하지 않은 채 그대로 장총을 휘둘렀다. 시스터스가 곤봉처럼 휘두른 장총이 쿠루미의 관자놀이에 정통으로 꽂혔다.

"크……!"

자세가 무너졌다. 단총으로 제대로 조준을 할 수가 없었다. 현기증이 나면서, 연체동물처럼 풍경이 비틀리더니, 꽃잎이 쿠루미의 시야를 가렸다가— 사라졌다.

"【알레프】."

시스터스가 몸을 가속시켰다. 체중이 제대로 실린 발차기가 쿠루미의 명치에 꽂혔다. 쿠루미는 지면에 도랑을 만들며 그대로 튕겨져 날아갔다.

혼란과 통증 때문에 의식이 날아가기도 전에, 쿠루미는 방아쇠를 당겼다.

그리고 발사된 탄환은 간발의 차, 그리고 기적적으로 시스터스가 날린 탄환과 공중에서 맞부딪치며 상쇄됐다.

"커……억……!"

쿠루미는 몸을 일으켰다. 옆구리에서 통증이 느껴졌다. 뼈가 부러진 게 틀림없다. 【달렛】으로 회복하고 싶지만, 시스터스는 엄청난 기세로 〈자프키엘〉을 연사해서 그것을 저지했다.

"이게……!"

【달렛】으로 회복하는 것을 저지하기만 하는 게 아니다. 탄환의 충격이, 옆구리에 입은 부상을 악화시키고 있었다. 아직은 멀쩡하지만, 까딱 잘못해서 정통으로 맞게 된다면 의식을 잃고 말 것이다.

그렇게 되면, 끝이다.

뭔가 방법이 없는지 필사적으로 생각했다. 총탄은 폭풍처럼 몰려오고 있었다.

이 기회를 놓치면 안 된다고, 『저』의 본능이 호소하고 있는 거겠죠.

—아아, 정말 이해가 안 되는군요.

어째서죠? 왜 『저』는 저에게 송곳니를 드러낸 거죠?

◇

시스터스, 라는 이름을 저 자신에게 붙였어요.

그 순간, 제 안에서 기묘한 반응이 일어났어요. 저는 지금, 진정으로 원하는 것을 얻으려 하고 있어요.

자유— 무엇이든 해도 되고, 무엇이든 소망해도 되며, 어디든 가도 되죠.

아아, 눈앞에 있는 『저』는 모르겠죠. 이해를 못하겠죠. 지금, 이렇게 제가 존재하는 게 얼마나 기적적인 일인지를 말이에요!

……**저희** 같은 분신은 유일한 목적을 이루기 위해 본체에 봉사하는 존재예요.

하지만, 없어요. 이곳에, 그녀는 없답니다.

그렇다면. 아아, 그렇다면!

저는 자유로워요! 어디든 갈 수 있어요!

토키사키 쿠루미가 아니게 된 시스터스는 드디어 자유를 손에 넣은 거예요!

하지만, 그런 저를 방해하는 존재가 있어요. 그래요, 『저』— 토키사키 쿠루미. 그녀는 싸우며, 앞으로 나아간 끝에…… 이 인계를 떠나려 해요.

저는 그걸 참을 수 없어요. 저는 그걸 용납할 수 없어요.

저 이외의 『저』라는 존재가, 자유를 구가하는 것을— 용납할 수가 없어요.

아아, 부디 괘씸하다고 여기지 말아 주세요. 분수도 모르는 무례한 녀석이라 여기지 말아 주세요.

저에게는 없어요. 『저』에게는 있는 것을, 저는 아무리 찾아도 찾을 수가 없어요.

바로 그 점이— 제가 싸우는 이유랍니다.

◇

생각이 섬광처럼 뇌 속을 휘젓고 다녔다.

"아, 아아아아아……!"

첫 번째, 아니— 다섯 번째!

"【다섯 번째(헤) 탄환】……!"

미세한 틈을 이용해, 자기 자신에게 총을 쐈다. 몇 초 후, 시스터스가 쏜 탄환의 궤적을 파악했다. 총알의 비를 헤치며 나아가기 위한 행동 패턴을 선택한 후, 그대로 내달렸다.

그리고 몇 초 후, 또 【헤】를 자기 자신에게 쐈다. 뇌가 삐걱거리고 있었다. 미래를 내다보면서— 뇌에 극도의 대미지가 가해지고 있었다.

5초 후의 미래를 읽으며, 콤마 몇 초 후의 행동을 결정한다.

시스터스는 믿기지 않는다는 표정을 지으며 보병총을 난사했다. 미래를 읽고, 분석하며, 행동을 확정시킨다. 그것을 연이어 하다간, 뇌와 신경에 엄청난 대미지가 가해질 것이다.

적어도, 시스터스는 할 수 없다.

뇌를 철제 공구로 깎아내는 듯한, 그런 말도 안 되는 짓인 것이다.

하지만 토키사키 쿠루미는 그것을 해내더니, 그대로 시스터스를 향해 쇄도했다.

또다시 접근전이 펼쳐졌다.

시스터스에게는 몇 개의 선택지가 존재했다. 승리를 거머쥐기 위한 선택지 말이다.

안전을 우선해 【알레프】를 자기 자신에게 쏜다. 과감하게 【자인】을 쏜다. 혹은 【베트】와 【기멜】을 이용해 시간의 소비를 줄인다는 안전한 방법을 쓸 수도 있다.

하지만, 시스터스는 그러지 않았다. 마치 광란에 빠진 듯이 접근하고 있는 토키사키 쿠루미를, 그런 방법으로는 막을 수 없다는 사실을 이해한 것이다.

그렇다면 어떻게 할 것인가.

그렇다면, **비장의 카드**를 쓸 수밖에 없다.

시스터스는 항복하려는 것처럼 보병총을 내렸다. 쿠루미는 미간을 살짝 찌푸렸지만, 상대가 어떤 함정을 준비했든 일단 접근하기로 결정했다.

시스터스는 요염한 미소를 지으며 힘찬 목소리로 외쳤다.

"저기, 『저』! 당신, 자신의 과거를 알고 싶지 않나요?"

"……윽!"

쿠루미는 한순간, 걸음을 멈췄다. 하지만 곧 과거 따위는 아무래도 상관없는 것으로 치부했다. 왜냐하면, 토키사키 쿠루미의 목적은 이 인계를 벗어나, 건너편(현실) 세계에 귀환하는 것이다.

그리고 귀환해서, 다시 한 번 그와 만날 것이다.

그 점을 명확하게 이해하고 있다면, 그 어떤 말에도 흔들리지 않는다— 아니, 흔들리지 않을 거라 생각했다.

"듣는 편이 좋을걸요? 왜냐하면, 『저』는 **가짜니까요**."

그대로 멈춰섰다.

총을 쏘겠다는 생각마저 망각했다.

"그게 무슨…… 뜻이죠?"

"저는 【헤트】로 만들어진 분신이랍니다. 그런데 왜 당신은 자신을 본체라고 착각하고 있는 거죠?"

"그건…… 그건…… 저는……."

—이 세상에는 세 종류의 토키사키 쿠루미가 존재한다.

분신, 반전체, 그리고 본체. 쿠루미는— 지금 이 자리에 있는 그녀는 본체일까, 아니면 분신일까?

"예, 예. 이해한답니다. 이해하고말고요. 그렇지 않다면 **그 분이라는 사람이 당신을 봐 주지 않을 테니까요**. 『저』와의 기억을 보셨죠? 즐겁게 이야기를 나누고 있지 않던가요? 하지만, 그건—."

—그건 분명, **당신의 기억이 아니랍니다**. 『저』.

그 기억 속의 **저**는 분명 그와 함께 있었어요. 그리고 그 사람 또한 **저**를 신경써 주고 있었어요.

하지만—.

만약, 그 전제조건이 뒤집혀 버린다면?

자신은 본체가 【헤트】로 만들어 낸 분신에 지나지 않고…….

태어나서, 죽음을 맞이할 뿐인 존재에 지나지 않으며…….

얼굴을 보기만 해도 행복해지는 그 사람이, 자신을 **알지도 못한다면**?

그렇다면, 자신에게는…… 아무것도 없는 게 아닐까.

아무것도 없다.

허무로 가득 차 있으며, 남길 것도, 남긴 것도, 존재하지 않는다.

아무것도…… 없다.

가슴이 아프다. 행복을 빼앗기고, 희망을 도둑맞은 기분이다. 움직일 수 없었다. 두 손, 두 발이 전부 얼어붙은 것만 같았다.

그렇다. 마음 한편으로는 이해하고 있었다. 자신은 토키사키 쿠루미(본체)가 아니라, 토키사키 쿠루미(분신)이라는 것을 말이다. 하지만, 거기서 눈을 돌리고 있었을 뿐이다.

〈자프키엘〉을 쓸 수 있으니, 자신은 본체다. 필사적으로 그렇게 생각하려 했다.

"빈틈을 보였군요."

시스터스가 거머쥔 보병총에서 발사된 탄환이 쿠루미의 미간을 꿰뚫었다.

아아, 하고 그녀는 탄성을 터뜨렸다. 허를 찔렸다. 처음 만난 순간부터 쭉, 이 순간, 자신을 멈춰 서게 하기 위해— 본체라고 오인하도록 유도했던 것이다.

왜, 그렇게까지 하면서, 자신과 사투를 벌이고 싶어 하는 걸까.

아니…… 아무래도 상관없나, 라고 생각했다. 그런 의문 따위는 아무래도 상관없다.

그분은 분명, 저를 모를 거예요.

저의 모습을 모르겠죠. 저의 스토리(내용물)를 모르겠죠. 저의 상처도, 저의 마음도, 전부 모르겠죠.

그분이 아는 건, **제가 아닌 『저』이니까요.**

진정한 정령이라 불려야할 그 존재는 여전히 건너편 세계에서 목적을 달성하기 위해 싸우고 있으리라.

그런 싸움을 치르면서, 그분을 만났을 것이리라.

싸움과, 대화와, 그리고 흐뭇한 일들이 있었을 것이다.

저에게는 그게 없어요. 아마, 아무것도 없을 거예요—.

전부 포기해버리려 하던 그 순간, 느닷없이 다른 시공, 다른 차원에서 머릿속의 히고로모 히비키(가상)가 미심쩍은 표정을 지으며 이런 질문을 던졌다.

—흠흠, 오호라. 그런데, 그게 어쨌다는 거죠? 제가 아는 쿠루미 씨라면 **그 정도 일**로 주저앉을 리가 없거든요?

"……윽! 헛소리, 하지, 마세요, 히비키 양……!"

"어…… 예……?"

시스터스가 놀라는 것도 무리는 아니었다. 다시 일어선 것은 그렇다 쳐도, 히고로모 히비키의 이름을 왜 언급한 것인지 전혀 이해가 되지 않았다.

일어섰다. 이 자리에 없는 히비키(소녀)가 멋대로 떠들어댄 바람에, 화가 치밀어서 몸을 일으키고 말았다.

"예. 그래요, 그렇고말고요! 저를 모른다고요? 멀찍이서 쳐다보기만 했을지도 모른다고요? 저와 그분 사이에는 아무런 인연도, 접점도, 유대도, 없을 거라고요? ……큭! 그게! 그게 뭐 어쨌다는 거죠?! 저는, 그분을 사랑해요! 그것밖에 없을지라도 전혀 상관없단 말이에요!"

【달렛】으로 이마에 난 상처를 치유했다. 아무래도 반사적으로 몸을 젖힌 탓에 미간에 정통으로 맞은 게 아니라 두개골을 스치면서 빗겨나간 것 같았다.

하지만 시간을 아무리 되감아도, 마음의 고통은 사라지지 않았다.

절대 돌아보지 않는, 돌아봐주지 않는 사람…….

하지만, 그렇다면, 목소리를 내서 말을 걸면 된다. 어깨를 두드리면 된다. 억지로라도 돌아보게 할 것이다. 자신은, 토키사키 쿠루미는, **저**, 는…… 그런 분신이랍니다!

"시스터스. 승부를 이어가죠. 자신이 분신이라는 점에 대해서는, 이 싸움이 끝난 후에 고민하도록 하겠어요."

쿠루미가 자신만만한 미소를 지으며 그렇게 말하자, 시스터스는 온화한 미소를 머금으며 고개를 끄덕였다.

“예. 그럼…… 이제 시간도, 『시간』도 아깝군요. 저는 이대로 곧장 당신을 향해 돌격하겠어요. 목숨이 허락하는 한, 방아쇠를 계속 당기겠어요.”

공격을 피하지 않는다.

조준을 하고 쏜다. 그저 그것에만 전념한다.

“—알았어요. 그럼 저도 그렇게 하죠.”

쿠루미는 시스터스의 선언에 그렇게 답했다. 자존심, 긍지, 혹은 고집…… 그렇게 불릴 무언가가 시스터스의 말에 호응하고 있었다.

공포에서 비롯된 땀이 목덜미를 타고 흘러내렸다. 죽고 싶지 않다는 마음과, 죽을 수 없다는 열의가 쿠루미의 마음 속에서 힘겨루기를 벌이고 있었다.

“그럼—.”

시간이 천천히 흐르기 시작했다. 죽을 고비를 넘기 위한 각오를, 토키사키 쿠루미는 갈구하고 있었다.

총을 쏘는 것 이외에는 아무것도 생각하고 싶지 않다. 쿠루미는 그렇게 생각하며 호흡을 멈췄다.

바로 그때, 한층 더 강한 바람이 불었다. 바람에 흩날린 꽃잎이 서로의 시야를 차단한 순간, 방아쇠를 당겼다.

탄환은 쿠루미의 어깨를, 그리고 시스터스의 팔을 스쳤다.

아직 살아있다. —죽음에 한 걸음 더 다가간 후에 또다시 방아쇠를 당겼다. 서로가 쏜 탄환은 빗나갔다.

또 한 걸음 내딛으면서 쏜 탄환이 옆구리를, 그리고 가슴을 꿰뚫었다. 또 한 걸음 더 내딛자, 피가 뿜어져 나왔다. 【달렛】을 쓰면 상처를 복원할 수 있겠지만, 그대로 다시 걸음을 내디뎠다.

이제 고의로도 탄환이 빗나가기 힘든 거리까지 접근했다.

누가 살아남을 것인가. 아니면 둘 다 죽을 것인가.

쿠루미는 의식이 끊어지는 것을 필사적으로 막으면서 방아쇠를 당기는 것에만 온 정신을 집중했다. 아무 생각도 하지 않았다. 누군가도, 무언가도, 증오도, 이상하게 생각하지도, 슬프게 생각하지도 않았다.

손가락은 기계처럼 매끄럽게 방아쇠를 당겼다.

"명중했군요."

"……예, 대단해요. 정말 대단하군요."

"왜, 방아쇠를—."

당기지 않은 거냐고 쿠루미가 물어보려고 한 순간, 시스터스는 고개를 저었다.

"당길 수 없었을 뿐이에요. ……저에게는, 이 방아쇠가 너무 무거웠으니까요."

시스터스는 털썩 쓰러졌다. 그 충격에 주위에 있던 꽃(시스터스)이 흩날렸다. 심장에서 뿜어져 나온 피가, 새하얀 꽃잎을 붉은색과 검은색으로 물들였다.

쿠루미는 허둥지둥 시스터스에게 다가갔다.

다가가고 나서야 눈치챘다—. 치명상을 입은 것이 틀림없었다. 함정으로는 도저히 보이지 않았다.

여러 가지 의문이 엄습했다.

싸울 수밖에 없었던 이유, 그리고 싸운 이유도…….

시스터스는 꿈을 이야기하는 듯한 온화한 어조로 속삭이듯 말했다.

"역시 살아남아야 할 이는 제가 아니었던 것…… 같군요……. 하긴…… 하긴, 저는…… **그 사람을 모르니까요**."

쿠루미는 그 고백을 듣고 충격을 받았다.

"그게, 무슨…… 잠깐만요. 시스터스, 당신은 저에게 분명 이렇게 말했잖아요."

무슨 수를 써서라도 인계와 **그 사람**을 구하는 거예요—.

시스터스는 빙긋 웃었다.

"저는 전부 빼앗기고 말았답니다. 그 안에는 기억도 포함되어 있어요. 퀸, 그 반전체는…… 저에게서 그 사람의 기억마저 빼앗아갔죠."

아아, 그렇다. 그랬던 것이다.

뭐가 어떻게 된 것인지 납득한 쿠루미는 고개를 푹 숙였다.

"……반전체가, 언제 이 인계에 온 것인지는 몰라요. 하지만, 그 사람에게 집착하고 있는 건 틀림없답니다. 그래요……. 제 기억마저 빼앗아갈 정도로 말이죠."

시스터스는 고통스러운지 미간을 찌푸렸다.

"그래서, 이제는 얼굴도, 목소리도, 이름도, 그런 분이 진짜로 있었는지도 어렴풋해요."

쿠루미는 시스터스가 힘없이 들어 올린 손을 꼭 움켜잡았다.

"……설령 그렇더라도, 죽을 필요는 없잖아요."

"아뇨. 그래선…… 퀸에게 이길 수 없으니까요. 그러니, 이럴 수밖에 없답니다……."

"……예?"

"『저』— 토키사키 쿠루미. 저를 먹어치우세요. 〈시간을 먹는 성〉으로, 저의 『시간』만이 아니라, 존재 자체를 흡수하는 거예요."

"존재…… 자체를……?"

"저라는 개념을 먹어치우세요. 저라는 존재를 먹어치우세요. 둘이서는 이길 수가 없답니다. 한 명이 되는 거예요. 하나가 되는 거예요. 〈자프키엘〉의, 저희가 쓸 수 없게 봉인되어 있던 탄환을 쓰기 위해서 말이에요."

퀸에게는 부하가 있고, 간부가 있고, 지금까지 축적된 전투 경험과 무시무시한 무기— 마왕 〈루키프구스〉가 있다.

"하지만, 그건……!"

"그걸 정하기 위해, 저는 싸운 거예요. 그리고 그 대결의 승자는 『저』죠. 부디 슬퍼하지 말아주세요, 『저』. 이걸로…… 된 거랍니다."

몇 분 후면 퀸이 귀환한다.

"『저』, 이제부터 나아갈 길은 순탄치 않을 거랍니다. 싸우고, 상처입고, 작별하고, 울고…… 그것을 반복하겠죠. 하지만, 그래도, 만나고 싶죠? 그러니, 저를 먹어치워 주세요."

하나가 된다. 그녀를 먹어치워, 자신의 피와 살로 삼는 것이다.

"……알았어요."

쿠루미는 〈시간을 먹는 성〉을 최대 출력으로 펼쳤다. 시간만이 아니라, 시스터스라는 존재 그 자체를 먹어치우기 위해서 말이다.

……받아들였다.

시스터스라는 이름을 쓰기 전, 토키사키 쿠루미로서의 기억……. 물론 그 대부분은 비참하기 그지없었다. 이유도 없이 빼앗기고, 이유도 없이 비웃음을 샀다.

깎여가는 목숨, 깎여가는 시간. 죽음의 공포에 떨며 눈물을 흘리고, 자신은 아무것도 할 수 없다는 사실에 눈물을 흘렸다.

그리고 마지막으로 현재의 시간을 공유했다. 시스터스가 지금, 느끼고 있는 바를 이해한 것이다.

"……시스터스, 당신의 생각대로네요."

시스터스는 고개를 끄덕였다.

모든 것을 빼앗긴 그녀가 사라져가며 생각한 것은, 증오도, 연민도, 한탄도 아니다.

"—그래요, 아름다워요. 정말, 정말 아름다워요."

흐드러지게 핀 꽃이, 나의 꽃(시스터스)이 아름답다는 당연한 사실이었다. 시스터스의 꽃말—『나는 내일 죽는다』. 그리고 그런 불길한 꽃말을 이름으로 선택했지만, 꽃이 아름답다고 생각하며, 소녀는 기뻐했다.

시스터스가 사라졌다. 모든 시간과 기원을, 토키사키 쿠루미에게 맡기고…….

쿠루미는 흩날리는 꽃잎 중 하나를 손에 쥔 후, 천천히 호흡을 가다듬었다. 그리고 느닷없이, 그 소리가 울려 퍼졌다.

영역 전체에 울려 퍼질 정도로 웅장하게, 교회 종소리가 울려 퍼졌다. 그것은 세상 전체를 축복하는 노래 소리를 연상케 했다.

"……왔군요."

반전체라는 특이한 존재이기 때문일까. 『그녀』…… 퀸이 이 영역에 존재한다는 사실이 손에 잡힐 듯이 느껴졌다. 그녀는 보고를 받자마자 즉시 추적을 시작할 것이다.

쿠루미는 그녀가 돌아오기 전에 이 영역을 탈출하는 게 최선이라고 생각했다. 하지만, 그것은 지나칠 정도로 이상적인 전개다. 게다가 언젠가는 싸워야만 할 상대인 것이다.

아직 탈주(게임)도, 전쟁(데이트)도 끝나지 않았다.

"하지만, 여기서 싸우는 건…… 싫군요."

시스터스와 싸웠던 이 꽃밭을 더는 어지럽히고 싶지 않았다. 하지만 퀸의 특성과 자신의 천사인 〈자프키엘〉을 고려해볼 때, 가능한 한 넓은 방에서 싸우고 싶다.

"뭐, 이 영역은 궁전이니, 뒤져보면 **그곳이** 있을 테죠."

쿠루미는 미소를 지으면서 조용히 읊조렸다.

싸움의 시작에 걸맞은, 그와 동시에 새로운 힘을 가리키는 말을…….

"〈자프키엘〉!"

◇

시스터스가 함정을 쳤다— 히비키와 까르트(그녀는 반신반의하는 것 같지만, 패닉 상태인 히비키에게 휘둘리고 있었다)는 허둥지둥 두 사람을 찾아다녔지만, 그녀들 앞에 나타난 것은 엠프티들이었다.

"히고로모 히비키, 너는 전투에 적합하지 않으니 물러나 있어!"

"그딴 건 저도 알거든요?! 저도 도망치고 싶다고요! 하지만 이미 포위당했단 말이에요!"

"이익! 젠장……! 아직 의심이 풀리지 않았는데……!"

"그러니까! 저는! 쿠루미 씨를 배신할 생각도 없고, 실은 원래 적이었다 같은 복선도 없을 뿐만 아니라, 거대한 흉계 같은 걸 꾸미고 있지도 않아요! 저는! 쿠루미 씨가 이제 됐다고 말할 때까지 따라다니려는 것뿐이란 말이에요!"

"그 말을 뒷받침하는 증거가 없어! 대체 그런다고 너한테 어떤 이득이 있지?! 아, 나는 개인적으로 광팬일 뿐만 아니라, 이 영역을 되찾고 싶다는 어엿한 동기가 있어!"

『머리 회전 한 번 빠르옵시다!』『아, 딱히 빠른 것도 아님다』『말다툼 할 시간이 있으면 싸워 주세요~!』『동감한다고 여기도록!』

"어떤 이득이 있냐고요? 그건—."

이득.

이득을 물어볼 줄이야. 솔직히 말해, 이득 같은 건 전혀 없다.

하지만—.

"그러는 까르트 씨는 왜 도미니언으로 되돌아가고 싶어 하는 거죠?"

"뭐……? 아니, 당연하잖아?! 이대로 퀸이 비나를 점거하고 있다면 다들 곤란하단 말이야! 그리고 나도 다시 도미니언이 되고 싶거든!"

"거짓말이에요! 도미니언처럼 귀찮은 일을 까르트 씨처럼 흐리멍덩한 사람이 하고 싶어 할 리가 없거든요?!"

"진실이 때로는 남을 상처 입힌다는 걸 모르나 보구나, 히고로모 히비키!"

『뭐, 흐리멍덩한 건 맞소이다.』

스페이드가 달려드는 엠프티들을 칼로 상대하면서 그렇게 중얼거렸다.

"이 인계는…… 건너편 세계에 비해 살기 편해요. 살아갈 목적만 찾아내면, 편하게 살 수 있죠."

"그래! 맞아! 나도 매일같이 마술에나 전념하며 살고 싶어! ……살아서……."

"그래요! 저도 마찬가지예요, 까르트 씨. 저는 편하게 살고 싶은 게 아니에요. 그냥 쿠루미 씨를 좋아하니까, 따라가고 싶으니까 따라가는 거예요!"

이득 같은 건 없다. 편하게 살고 싶다면, 따라갈 필요가 없다.

하지만 그 사람을 좋아하니까, 따라가고 싶다. 그저 그뿐이다.

"……야야야야, 약아빠졌어! 나도 그 사람을 좋아한다고! 광팬이란 말이야!"

"—어머나, 『저』는 짬 인기가 조꾼요."

히비키와 까르트는 목소리가 들려온 곳을 향해 고개를 돌렸다.

경악한 엠프티들을 향해 단총을 든 후, 방아쇠를 당기자— 그녀들은 그대로 튕겨져 나갔다.

총구에서 초연이 피어올랐다. 비틀렸지만 멋진 미소. 금색 시계판 모양의 왼쪽 눈. 하지만 그 모습은 평소보다 앳되어 보였고, 두 손과 두 발은 평소보다 짧으며, 목소리 또한 어렸다.

"꼬마…… 쿠루미 씨?"

히비키가 고개를 갸웃거리자, 일곱 살 가량으로 보이는 쿠루미가 즐겁다는 듯이 웃음을 흘렸다.

"자, 쭐구로 향하죠."

"하지만…… 곧 퀸이 도착할 텐데요?"

"괜찬탑니다. 『저희』에게 마껴 주세요."

영 쿠루미가 자신만만한 미소를 짓자, 히비키는 어리둥절한 눈길로 그녀를 쳐다보았다.

○개선(凱旋)과 결전(決戰)과

—남은 시간 1분

이 비나가 궁전을 모티프로 했다면, 당연히 여왕이 앉을 옥좌가 있는 알현실이 있을 것이다. 순백의 광대한 공간에는 붉게 빛나고 있는 옥좌가 두 개 있었다. 그 옆에는 무명천사로 무장한 엠프티들이 줄지어 서 있었다.

댕~ 댕~ 하고 종이 울리기 시작했다.

"퀸! 퀸께서 개선하셨어! 아아, 어떻게 하지?!"

평소 같으면 환희와 경외심으로 퀸을 맞이했을 엠프티들이 동요했다.

그녀가 나갔다 돌아오는 그 짧은 시간 동안 사태가 급변했기 때문이다.

돌아온다— 돌아온다, 돌아오는 것이다.

이 인계에 있어 최악의 적. 모든 준정령의 원수.

허공에 갑자기 생겨난 문은 【베투라】에 의해 만들어진 것이며, 영역과 영역을 왕복하기 위한 위법적인(백도어) 문이다.

혼자서 모든 영역의 도미니언들에게 선전포고를 하고, 분신이라고는 해도 토키사키 쿠루미를 간단히 쓰러뜨린 여왕.

위대, 거만, 최강, 흉악. 그 모든 것이자, 그 어느 것도 아닌 괴물.

—남은 시간 0분

퀸의 개선에 맞춰, 종이 힘차게 울렸다.

"—자, 무슨 일이 일어났지? 빨리 말해봐라."

조용히 분노한 여왕은, 모든 사태를 파악하고 있는 것 같았다.

◇

퀸은 개선하자마자 들은 소식 때문에 우울한 한숨을 내쉬었다. 그녀의 앞에는 엠프티들이 넙죽 엎드려 있었다. 룩의 휘하에 있던 소녀들이었다.

"내가 나갔다 돌아온 그 짧은 사이에 이렇게 난리가 난 건가."

"소, 송구합니다…… 송구…… 송구……!"

"개의치 말도록. 원래부터 너희가, 당신들이, 이길 수 있는 상대가 아니었어. 이곳에 남아 있던 룩의 책임이며, 그 룩이 죽었다면— 아냐, 아무래도 지금 죽은 것 같군."

"예?"

"다음은 너다."

퀸은 귀찮다는 듯이 옥좌에서 엠프티 중 한 명을 향해 총을 들었다.

"【아크라브】."

총에 맞은 엠프티의 모습이 변했다. 하지만 모습이 룩으로 변했는데도, 부들부들 떨기만 할 뿐 꼼짝도 하지 못했다. 퀸은 그 모습을 보고 고개를 갸웃거렸다.

"……흐음, 단시간 동안의 연속 부활에는 시간이 걸리는 건가. 달라붙어 있는 『죽음』의 향기 때문인가? 아니면 단순히 구조적 문제일까? 뭐, 됐어. 룩이 부활하면 빨리 침입자를 처리하라고 전해줘. 나는—『그녀』를 잡으러 가야겠어."

엠프티 중 한 명이 불안에 찬 목소리로 물었다.

"……다른 두 분은 부르지 않으실 건가요?"

"그 두 사람은 다른 일을 처리하느라 바빠. 한 명은 뭘 찾고 있고, 다른 한 명은 잠입 중이지. 둘 다 중요한 일이거든."

"—아아. 그렇다면 제 예상대로, **당신 한 명 뿐인 거군요.**"

"읏!"

그 목소리 자체가, 기습이었다. 퀸은 신속(神速)이라 해도 과언이 아닐 정도로 재빠르게 그 목소리에 반응했지만, 엠프티들 중 누가 위장을 한 토키사키 쿠루미인지 찾느라 머뭇거린 것 자체가 잘못된 선택이었다.

총성—.

"……큭!"

탄환이 퀸의 팔을 스쳤다. 뿜어져 나온 피를 본 엠프티들이 비명을 질렀다. 한 엠프티가 자신의 바로 뒤편에서 총성이 들려왔다는 것을 눈치채고 겁에 질린 얼굴로 뒤편을 쳐다보았다.

〈자프키엘〉의 단총이 엠프티의 그림자에서 튀어나와 있었다.

"아, 생각났어. 너는 그림자 안을 기어 다니는 게 특기였지."

"안녕하세요, 반전체 씨."

그림자에서 불쑥 튀어나온 쿠루미가 치맛자락을 살며시 들어 올리며 우아하게 인사를 했다.

"오랜만이라고 말할 만큼 시간이 흐르지는 않았군요."

"여유가 넘치네. 빼앗긴 『시간』을 되찾고, 겸사겸사 여분의 『시간』을 대량으로 빨아들였다고 기세가 등등한걸? 정말 사랑스럽잖아."

"여분, 이라고요?"

"네가 빨아들인 시간은 만약의 사태에 대비에 남겨둔 예비 연료 같은 거야. 내가 원래 가지고 있던 시간은, 당연히 내가 가지고 있지 않겠어?"

쿠루미는 탄식을 터뜨리며 어깨를 으쓱했다. 아무래도 퀸은 진실을 말하고 있는 것 같았다.

"어머나, 그런가요. 아무튼, 그 여분의 시간은 제가 차지했답니다."

……하지만, 그렇다고 해서 화가 나지 않은 건 아니리라.

예비 연료라고는 해도, 그녀가 악행을 저지르며 모은 재산이니 말이다.

“영력을 모으고, 시간을 강탈했을 뿐만 아니라, 엠프티들마저 농락하다니…… 당신, 이 인계에서 대체 무슨 짓을 꾸미고 있는 거죠?”

“네가 상상도 하지 못할 만큼, 멋진 일을 꾸미고 있어.”

유감이지만 퀸은 목적을 밝히지 않은 채, 옆에 있던 엠프티에게 눈짓을 보냈다. 엠프티는 고개를 끄덕인 후 달려들었고— 쿠루미는 발로 그 엠프티를 제압하고 단총의 방아쇠를 당겼다.

엠프티가 소멸했다.

그 광경을 본 퀸이 즐거운 듯이 웃었다.

“너, 주저 없이 죽이는걸.”

“정말, 가슴이 아프답니다.”

—3할 정도는 진담이었다.

토키사키 쿠루미 또한, 딱히 적극적으로 누군가를 죽이거나 상처 입히려 하지 않는다. 하지만, 어중간한 동정심에 사로잡혀 그런 행동을 멀리하지는 말자고 결심한 것이다.

머나먼 과거— 순진무구한 누군가를 죽인 기억이 있고, 죄가 있다.

모순 같지만, 그 죄가 존재하는 한 끝없이 싸우고, 끝없이 죽이기로 결심한 것이다.

"싸우려는 거야? 나는, **저는**, 그래도 상관없답니다."

빙긋 웃고 있는 퀸에게서는 자신감이 넘쳐흐르고 있었다. 그럴 만도 했다. 그녀는 일전에 쿠루미와 싸웠을 때, 손쉽게 그녀에게 승리했던 것이다.

"그 얼굴로 『**저**』 같은 일인칭을 쓰지 말아 주세요. 온몸의 솜털이 곤두서는 것 같답니다."

게다가, 그녀는 그때 전력을 다하지 않았다— 쿠루미는 그렇게 확신하고 있었다.

저 사브르도, 저 총도, 아직 모든 능력을 선보이지 않았다.

영역, 장소를 지배하는 퀸.

시간, 그림자를 지배하는 제3의 정령, 토키사키 쿠루미.

"얼마 전에 했던 말을 한 번 더 입에 담겠어요. 당신은 해충이에요. 백해무익하고, 그저 끝도 없이 늘어나기만 하며, 목적도 없이 파괴와 병을 퍼뜨리는 벌레—."

도발에 걸려들었다. 일부러 걸려든 건지, 아니면 진짜로 기분이 상한 건지는 알 수 없었다.

자, 목적을 말해라. 동기를 털어놔라. 이쪽을 얕보란 말이다.

너는 그 사람과, 대체, 어떤 식으로 연관되어 있는 거지?

퀸은 옅은 웃음을 흘리며 말했다.

"공교롭게도 목적이 있거든. 이 인계를 멸망…… 아, 이렇게 말하면 오해를 사려나? 멸망시키려는 게 아니라, 제물로 바치려는 거야."

“인계라는 거대한 제물을 바쳐서, 대체 뭘 얻으려는 거죠? 1만년의 고독인가요?”

“그것보다 더욱 가치 있는 거야. 그걸 얻기 위해서라면, 인계 따위는 아깝지 않아. 준정령들이 구축한 이 좁아터진 세계 따위, 얼마든지 짓밟아 주겠어.”

퀸의 눈동자에는 경멸의 감정이 어려 있었다.

그것은 자신 이외의 준정령은 인정하지 못한다는 듯한—먼지나 다름없다는 듯한 시선이었다.

“그렇다면, 저는 인계를 지키기 위해 당신과 싸우겠어요.”

“싸워? 싸운다고? 재미있네. 재미있어. 재미있군요. 아니…… 후후…… 반전하더라도 나는『**저**』인 걸까요. 토키사키 쿠루미, 너도 이해하고 있을 텐데? 너는 내 상대가 못 돼.”

……확실히 그 말이 옳을지도 모른다.

“그래요. 예, 맞는 말이랍니다……. 저 혼자라면 상대가 되지 못하겠죠.”

등 뒤에 있는 룩이 기침을 토했다. ……아까, 공포에 사로잡힌 채 죽음을 맞이했기 때문이리라.

투지를 되찾고 다시 전투에 뛰어들 수 있게 되려면 좀 더 시간이 걸릴 것이다.

그렇다면, 그녀가 말을 하기 전에 자신의 입으로 알려주는 편이 좋으리라.

“실은 말이죠, 여차여차 하다 보니 봉인되어 있던 힘 중

하나가 해방되었답니다."

"흐음, 너는 마치 게임의 주인공 같네."

퀸은 당황하지 않았다. 하지만 다음 순간, 그녀는 오한을 느꼈다. 토키사키 쿠루미가 지닌 천사, 〈자프키엘〉.

주위를 황무지로 만들 정도의 엄청난 파괴력을 지니지 않았지만, 그녀가 정령 중에서도 최악이라 불리는 이유는 법칙을 비트는 힘을 지녔기 때문이다.

시간을 정지시킨다(일곱 번째 탄환). 시간을 가속시킨다(첫 번째 탄환). 과거를 내다본다(열 번째 탄환).

파괴라면 견뎌내면 된다. 방벽이라면 부수면 된다.

하지만 **시간을 비튼다**고 하는 압도적인 반칙에는 어떻게 맞서면 될까? ……하지만, 퀸에게는 〈루키프구스〉가 있다.

하지만— 단 하나, 절대로 당해낼 수 없는 능력이 있다.

퀸은 〈자프키엘〉의 힘 중에서도 최악의 탄환(불릿)을 떠올렸다. 궁극의 불합리를 실현하는, 바로 그 탄환을 말이다.

"아니, 설마……."

"바로 그 설마랍니다. 【헤트】!"

쿠루미는 자신의 머리를 향해 총을 쐈다. 굉음이 울려 퍼지더니, 쿠루미의 몸이 두 개로 늘어났다. 마치 마술이라도 부린 것처럼, 토키사키 쿠루미가 두 명이 됐다.

……아니, 완전한 복제는 아니다. 달랐다. 영장의 색깔이, 분위기가, 무언가가 달랐다. 미세한 감정만을 지닌 엠프티들도 동요했다. 그 정도로 경악스러운 일이 벌어진 것이다.

"안녕하세요, 『저』. 아니지, 시스터스 양이라고 부르는 편이 좋을까요?"

"안녕하세요, 『저』. 그래요. 예상대로 당신이 부를 수 있는 건 저뿐인 것 같군요. 친구가 적은 것…… 아니, 자기 자신이 적은 것 같다고나 할까요?"

"……설마, 그 탄환이 해방될 줄이야."

〈자프키엘〉의 단총을 쥔 그 소녀는 퀸이 철저하게 유린하고, 고문했다.

죽이기에는 아깝지만, 더는 빼앗을 것도 없었다.

그래서 새로운 토키사키 쿠루미가 잡힐 때까지, 방치해뒀는데—.

"……인생이라는 건 정말 뜻대로 안 되는걸."

퀸은 하늘을 올려다보며 한탄 섞인 한숨을 토했다.

"좋아, 좋아요. 토키사키 쿠루미가 두 명이 됐으니— 나도 조금은 스릴이라는 걸 느낄 수 있을 것 같아."

퀸이 도발을 하자, 쿠루미는 여유 넘치는 어조로 대답했다.

"예. 그럼 이번에야말로, 당신을— 박살내, 드리겠어요."

대화를 통해 문제를 해결하려는 생각은 애초부터 없었다. 그것은 처음 만났을 때부터 직감적으로 이해하고 있었다.

서로의 존재를 용납할 수 없다.

서로의 개념을 용납할 수 없다.

서로의 주장을 용납할 수 없다.

정의롭지도 않고, 사악하지도 않다. 자신과 『그녀』의 싸움은 결국 그런 것이다.

그러니 죽인다. 피로 손을 더럽히는 것이다.

총이 가볍게 느껴졌다. 〈자프키엘〉이 깃털처럼 가볍게 느껴진다는 것은 컨디션이 매우 좋다는 증거다. 적어도 쿠루미는 그렇게 생각했다.

옆에 있는 시스터스를 쳐다보았다. 자신이 잡아먹었고, 피와 살로 삼았으며— 또한 되살려 낸 존재를 말이다.

"시작하죠. 『저』."

서로의 천사와 마왕을 고쳐 쥐었다.

"〈자프키엘〉—【알레프】."

가속을 한 쿠루미가 돌격했다. 그리고 시스터스가 엄호를 하듯 움직였다. 원거리에서의 저격과 근거리에서의 난사. 쿠루미가 종횡무진으로 움직이며 교란하고, 시스터스가 적절한 타이밍에 저격을 하면서 상대의 발을 묶었다.

사념을 주고받지도, 눈짓을 교환하지도 않았지만, 마치 재기라도 한 것처럼 타이밍이 정확하게 맞아 들어갔다. 룩과 싸웠을 때와 마찬가지로, 톱니바퀴가 맞물리며 돌아가고 있는 느낌이 들었다.

탄환은 비라기보다 눈보라에 가까웠다.

시간을 충분히 보충한 쿠루미들은 기관총을 연상케 하는 속도로 〈자프키엘〉을 연사했다.

자신을 향해 쇄도하는 탄환을 본 퀸이 움직였다.

"〈루키프구스〉—【천칭의 탄환(모즈님)】."

그녀는 두 사람을 조롱하듯 입가를 일그러뜨리더니, 얼어붙은 것처럼 꼼짝도 하지 않는 엠프티들 중 한 명을 향해 총을 들며 방아쇠를 당겼다.

"어……?"

좌표가 바뀌었다. 퀸이 있던 장소에는 당황한 엠프티가 있었다.

하지만, 쿠루미와 시스터스가 쏜 탄환이 자신을 향해 날아오고 있다는 것을 안 그녀는 환희에 빠져들었다.

"어머나, 제가 도움이 된 거군요! 영광이에요, 여왕—."

그녀의 목소리는 탄환의 폭풍에 삼켜졌다. 그 광경을 본 엠프티들은 고개를 끄덕이더니, 알현실의 사방으로 흩어졌다. 쿠루미는 마음속으로 혀를 찼다. 엠프티들은 목숨을 도외시하며 쿠루미에게 달려드는 게 아니라, 탄환을 피해 그저 사방으로 흩어져 있을 뿐이었다. 가장 성가신 상황이었다.

"바로 그거다, 제군. 계속 그러고 있도록—【모즈님】!"

퀸이 총을 쐈다. 그리고 엠프티와 좌표를 교환하며 유사 순간이동을 펼쳤다.

"큭, 이게……!"

쿠루미는 자신의 등 뒤에서 달려든 퀸의 공격에 아슬아슬하게 대처했다.

쿠루미가 쥔 〈자프키엘〉, 그리고 퀸의 〈루키프구스〉— 사브르가 격돌했다.

"신체능력은 내가 더 뛰어난 것 같군……!"

그렇게 외친 퀸이 더욱 쇄도했다. 퀸의 움직임에 맞춰 사브르가 반짝이더니, 섬광이 뿜어져 나왔다. 그것을 장총으로 튕겨낸 쿠루미는 대각선 뒤편으로 도약했다.

추격하는 여왕을 견제하기 위해, 단총을 쐈다. 하지만, 발사된 탄환은 전부 사브르에 막혔다.

퀸은 머리 위로 치켜든 사브르를 그대로 휘둘렀다. 하지만, 쿠루미는 궁지에 몰린 상태에서도 씨익 웃었다.

도주에 주력하던 쿠루미가 몸을 돌리더니, 그대로 퀸을 향해 쇄도했다. 검으로 벨 수 없을 만큼 접근한 쿠루미는 그대로 퀸의 두 팔을 움켜잡았다.

"『저』!"

그 순간, 시스터스가 퀸의 머리를 향해 재빨리 총을 쐈다. 여왕은 머리를 젖혀서 간발의 차이로 탄환을 피한 후, 쿠루미를 억지로 떼어내면서 거리를 벌렸다.

퀸은 감탄 섞인 한숨을 내쉬었다.

"—겨우 한 명이 늘어났다고 기고만장해진 건가 했더니…… 그렇지도 않은가. 기고만장해도 될 정도의 전투력을 지닌 것 같긴 하군."

쿠루미와 시스터스— 두 사람은 단순히 같이 싸우고 있는 게 아니었다.

콤비네이션이라는 것이 성립되고 있었다. 뭐, 파트너가 자기 자신이나 다름없는 존재인 만큼, 호흡이 맞는 게 당연하지만 말이다.

"……하지만, 그래봤자 분신에 지나지 않지. 네가 만들어낸 그녀도, 그리고 너도 말이야."

코웃음을 흘리고 있는 그 모습은 그야말로 여왕다워 보였다. 긍지 높고, 거만하며, 탐욕적인, 절대 강자라는 점을 의심조차 하지 못하게 했다.

그렇다면, 그녀와 대치중인 토키사키 쿠루미는 광대인 걸까?

"나는 알고 있다. 건너편(현실) 세계에서, 너희는 소모품이야. 토키사키 쿠루미를 위해 죽어나갈 뿐인, 그 어떤 의미와 가치가 주어지지 않은 목숨. 그게 바로 너희지. 운 좋게 인계에 오게 됐지만, 그래도 그 점에는 변함이 없답니다. 마치 아지랑이 같아서, 정말— 우습기 짝이 없군."

퀸은 웃었다. 쿠루미는 무표정한 얼굴로 퀸을 쳐다보며 입을 열었다.

"……그 말이 맞을지도 모른답니다. 아니, 그게 진실이겠죠."

심호흡—.

이제 와서, 진실을 향해 손을 뻗었다.

"저는 분신이에요. 이 인계에 떨어진 이유를 알지 못하고, 〈자프키엘〉을 쓸 수 있는 이유 또한 알지 못한답니다. 예,

맞아요. 분신이라는 걸 안 바람에, 모르는 게 더 늘어나고 말았죠."

아직도 가슴이 약간 아팠다. 하지만 그것은 자신이 분신이기 때문이 아니다.

그저 단순히— 그 사람에게 있어, 자신이 수많은 토키사키 쿠루미 중 한 명에 지나지 않으며, 히로인이 아니라 엑스트라라는 점이 너무 괴로웠다.

하지만, 그래도 멈추지 않는다. 멈출 수 없었다. 멈추는 것 자체가 불가능했다.

아아— 그 사람을 만날 수만 있다면, **한 번 더** 죽어도 상관없다.

"하지만, 마음 한편으로 기쁘기도 하답니다. 애매모호했을 때보다 훨씬 말이죠. 각오를 다진 덕분에, 망설임 없이 걸음을 내디딜 수 있게 됐어요. 그렇다면, 이제는 앞으로 나아가기만 하면 된답니다."

토키사키 쿠루미는 광대가 아니다.

기사도 아니고, 왕도 아니다. 토키사키 쿠루미는 사신(死神)이다. 커다란 낫으로 혼을 베어, 죽음으로 인도하는 존재다.

그리고 평범한 사신보다, 아주 약간 심술궂었다.

"—그건, **당신도 마찬가지죠.**"

쿠루미의 말이 여왕을 꿰뚫었다.

"두 번 싸워보고 드디어 확신을 가졌답니다. 예, 실은 불안했답니다. 반전한 당신이야말로 본체이며, 저희가 반란분자인 게 아닐까 싶어서 말이에요. 하지만 그렇지 않죠? 당신 또한 분신체— 그저 본체로부터 떨어져 나온 개체에 지나지 않아요. 예, 보통 그런 걸 두고— 반항기라고 표현하더군요."

퀸은 눈을 치켜뜬 채 그대로 굳었다. 주위에 있던 엠프티들 또한 어쩌면 좋을지 모르겠다는 것처럼 우왕좌왕했다.

"『저』는 남을 화나게 하는 데 있어서는 그야말로 천재군요."

"당하기만 하는 건 싫어서 말이죠."

다가온 시스터스가 속삭이는 듯한 말투로 그렇게 말했다.

무언가가 뎅그렁, 하는 소리를 냈다.

"—아냐. 아냐, 아냐, 아냐! 나는 분신이 아냐! 나는 본체야! 본체가 틀림없다! 분신이 반전할 리 없어! 너희와는, 너희 같은 것들과는 달라! 이 마왕 〈루키프구스〉가 그 증거다! 마이너 카피된 〈자프키엘〉이나 쓰며 으스대는 너희와, 나는 달라……!"

여왕이 분노에 사로잡혀 고함을 질렀다.

하지만 방금 쿠루미가 한 말에 정곡을 찔린 건지, 머리카락을 쥐어뜯고 있었다.

"퀸……!"

"—다가오지 마라."

다가오는 엠프티들을 향해 손을 들어 제지한 퀸은 심호흡을 한 번 한 후, 바로 충격에서 벗어났다.

"……아아, 정말 짜증나게 하는걸. 이래서 나는 너희가 싫은 거다. 뭐, 좋아. 싸움이나 이어가볼까."

쿠루미는 그 모습을 보며 미세한 위화감을 느꼈다.

"시스터스. ……그녀가 좀 이상한 것 같지 않나요?"

"여왕은 원래 이상하답니다, 『저』. ……그저 여유가 없어졌을 뿐 아닐까요?"

그럴지도 모른다.

분신이라는 사실은 그녀에게 있어 약점이 아니라도 굴욕이리라. 그녀가 양산품에 불과하다는 선고를 들은 것이나 다름없으니 말이다.

하지만, 그 점을 제쳐두더라도 방금, 뭔가―.

바로 그때, 딴 생각에 시간을 할애할 여유가 사라지고 말았다.

"―【사자의 탄환(아리에)】."

굉음이 울려 퍼졌다. 아니, 단순히 울려 퍼지기만 한 게 아니다. 주위에 있던 엠프티들이 귀를 막고 비명을 지르며 소멸했다.

"앗……?!"

자신의 목소리조차 들리지 않았다. 쿠루미와 시스터스는 바닥을 박차면서 대피했다. 퀸이 쏜 탄환은 속도가 느렸지만, 그 대신 귀에 거슬리는 굉음을 자아내고 있었다.

끼기기기긱, 끼기기기긱. 마치 뭔가가 깎여나가는 듯한 소

리가 들렸다. 그리고 빗나간 탄환은 바닥에 명중— 하기 직전, 방향을 바꿨다.

"……유도탄?!"

쿠루미는 허둥지둥 허공으로 몸을 날렸다. 하지만 탄환은 그녀를 계속 쫓아왔다. 수많은 엠프티들이 있는 이 알현실에서, 오직 쿠루미만 계속 추적했다.

끼기기기긱, 끼기기기긱…….

칠판을 손가락으로 긁는 듯한 불쾌한 소리가 들렸다.

"『저』!"

"괜찮아요. 이 정도 속도라면—."

"그렇지 않아요! **탄도(彈道)**가……!"

시스터스의 말을 들은 쿠루미가 탄환을 피하면서 탄도를 살폈다. 자신을 노리며 공간을 자유자재로 움직이고 있는 그 모습은 짐승을 연상케 했다. 탄환은 새하얀 궤적을 남기면서, 천천히 자신을 향해—.

……잠깐만.

탄환이 그린 새하얀 궤적이 전부 허공에 남아 있었다. 발사된 탄환이 알현실을 돌아다니며 공간에 새하얀 선을 새긴 것이다.

끼기기기긱, 끼기기기긱—.

그 소리가 귀에 거슬렸다. 쿠루미는 인상을 찡그리면서 퀸이 어디 있는지 살폈다. ……그녀는 당연한 듯이 총을 쏜 장소에 계속 서 있었다.

"……어째서죠?"

자신이 유도탄 한 발을 피하지 못할 리가 없다. 아까부터 계속 그 공격을 피하고 있었다. 그녀가 유도탄과 연계하며 공격을 펼치지 않는 한, 자신에게 타격을 입히지 못할 것이다.

하지만, 퀸은 움직이지 않았다.

아니, 그뿐만이 아니었다. 엠프티들도 꼼짝하지 않았다. 유도탄은 그녀들을 피하며 계속 날아다녔다.

끼기기기긱, 끼기기기긱!

지저귀고 있는 탄환, 움직이지 않는 여왕, 움직이지 않는 엠프티, 허공에 남은 궤적…….

"—그렇다면, 죄송하지만 검증 실험을 해볼 수밖에 없겠군요."

전투가 벌어졌는데도 이 알현실 밖으로 도망치지 않은 순간, 그녀들은 퀸과 공범이다. 그리고 자신은 잔학하기 그지없는 토키사키 쿠루미이며, 그 점은 본체나 분신이나 별반 다르지 않다.

"어……?!"

근처에 있던 엠프티들 중 한 명을 움켜잡았다. 빈껍데기 소녀는 자신이 무슨 짓을 당할지 이해하지 못한 것 같았다.

"잠시 실례하겠어요. 부디 저를 위한『방패』가 되어 주세요."

쿠루미는 그렇게 말하면서 탄환을 향해 엠프티를 주저 없이 던졌다. 유도탄은 엠프티를 피할 수 없는지 그대로 격돌했다.

"죄송, 합니—."

깎여나갔다. 탄환에 맞은 순간, 탄흔을 중심으로 엠프티가 종잇장처럼 찢겨지면서 산산조각이 났다.

그런 참혹한 광경에, 광신도나 다름없던 엠프티들조차 숨을 삼켰다.

"……공간을…… 깎는 거군요."

쿠루미는 분통을 터뜨리는 듯한 어조로 그렇게 말하며 이를 악물었다. 퀸은 옅은 미소를 지으며 고개를 끄덕였다.

"그래. 공간을 짓씹기 때문에 사자(아리에)인 거지. 뭐, 이 짜증나는 소리는 나도 싫지만 말이야. 그것보다, 나한테 정신을 팔고 있어도 괜찮을까?"

끼기기기긱 / 끼기기기긱 / 끼기기기기기기기기긱!

"아직……?!"

엠프티를 씹어 으깬 탄환이 튀어나왔다. 쿠루미가 허둥지둥 그 유도탄을 피한 순간— 또 목소리가 들려왔다.

"그 궤적도 위험해요, 『저』!"

쿠루미는 시스터스의 말을 듣고 허공에 남아있는 새하얀 궤적을 피했다. 궤적에 닿은 머리카락 끝이 가위에 잘린 것처럼 깎여나갔다.

"눈치챘나. 자— 쥐새끼처럼 도망 다녀라. 너한테 잘 어울릴 것 같군."

"어이가 없군요. 도망 다닐수록 불리해질 뿐이에요. 그렇다면, 이렇게 하면 되죠. 〈자프키엘〉…… 【자인】!"

끼기기기긱— 공사현장을 연상케 하는 소음이 멎었다.

종횡무진으로 공간을 먹어치우던 사자가 꼼짝도 하지 못했다.

"이 【아리에】— 딱 한 발만 쏠 수 있는 것 같군요. 그렇다면 이렇게 정지시켜버리면 된답니다."

"특징을 정확하게 간파했군. 하지만 나도 알고 있지. 【자인】의 힘은 오랫동안 유지되지 않는다는 걸 말이야. 곧 다시 움직이기 시작할걸?"

퀸의 말은 옳다.

"예, 그렇답니다. 그러니— 다시 움직이기 전에 당신을 해치우도록 하겠어요!"

쿠루미가 그렇게 말한 순간, 시스터스는 퀸을 향해 장총으로 재빨리 사격을 가했다.

이미 3할 이상의 공간이 【아리에】에게 먹히고 말았다. 이대로 있다간 궁지에 몰릴 뿐이다.

승리를 거머쥐고 싶다면, 지금이 기회다.

"시스터스! 엄호를 할 필요는 없답니다. 【모즈님】을 막기 위해, 엠프티를……!"

—승부에 나서려는 거군요.

—예. 전 재산을 건 승부랍니다.

"……알겠어요!"

시스터스는 주위에 있는 엠프티를 쏘기 시작했다. 이 상황에서는 엠프티도 움직일 수밖에 없었다. 각자 회피 혹은 요격 행동을 시작했다.

쿠루미는 【알레프】를 자신에게 쏴서, 몸을 더욱 가속시켰다. 그리고 잘 보이지 않는 【아리에】의 궤적을 피하면서 퀸에게 쇄도했다.

퀸은 총으로 요격하지 않고, 사브르를 거머쥐었다. 쿠루미는 〈자프키엘〉의 장총을 검처럼 다루며, 퀸의 정수리를 향해 휘둘렀다.

서로의 무기가 맞부딪치며 자아낸 소리가 사방에 울려 퍼졌다.

쿠루미의 얼굴에서는 여유를 찾아볼 수 없었고, 퀸의 얼굴에는 여전히 자신만만한 미소가 어려 있었다.

그럴 만도 했다. 현재 드러난 힘만 봐도, 그리고 능력의 끝이 보이지 않는다는 점을 고려해도, 퀸이 압도적으로 유리한 상황인 것이다.

이제부터 시작되는 것은 장기 묘수풀이다. 자신에게 주어진 모든 카드를 동원해, 퀸을 궁지에 몰아넣는 것이다.

우선 【자인】이 풀리기 전에 퀸에게 최대한 대미지를 가해야 하지만……. 시스터스는 엠프티들을 저격하느라 바빠서 이쪽의 싸움에 가세할 여유가 아마 없을 것이다.

쿠루미에게 주어진 수단은 한정되어 있다.

게다가 상대에게 최후의 일격을 반드시 명중시켜야만 한다. 직격, 치명상을 입혀야만 하는 것이다. 하지만 그게 실제로 가능할 거라는 확신을 가질 수가 없었다. 어쩌면— 쿠루미가 바라는 대로 상황이 흘러가지 않을지도 모른다.

모든 일이 무위로 돌아갈지도 모른다는 공포를 억누르며, 쿠루미는 도망치고 싶어 하는 자신의 마음을 억눌렀다.

퀸의 발치를 향해 사격을 했다— 상대방이 피했다.

그 대가로 팔이 잘려나갔다— 그걸 개의치 않으며 파고들면서 박치기를 날렸다. 우아함과는 거리가 먼 야만적인 그 일격은, 여왕이 비틀거리게 했다.

【달렛】— 팔을 복원시켰다. 그 빈틈을 노리며 퀸이 공격을 펼쳤다. 단총과 사브르가 고속으로 펼친 공격이 격돌했다. 퀸은 노도와 같은 공세로 쿠루미를 해치우려 했다.

제로 거리에서의 사격을 열세 번이나 연거푸 감행했다. 명중, 방어, 회피— 그 어떤 결말이든 의미가 없다. 퀸이 입은 상처는 순식간에 아물었다.

"—【드리】."

"재생능력(리제너레이션)……!"

그것은 복원이 아니라, 자동재생이었다. 게다가 아까부터 끊임없이 회복되고 있었다.

예상 이상으로 재생능력이 뛰어났다. 쿠루미는 마음이 초조해졌지만, 그것을 숨기며 퀸과 접근전을 벌였다. 아니, 접근전을 벌일 수밖에 없었다.

우아함 따위는 없어도 된다.

꼴사나워 보여도 상관없다. 아니, 그래야만 한다.

일격의 명중 여부는 그녀가 자신을 얕보고 있느냐에 달려 있는 것이다.

【자인】이 해제될 때까지 얼마 남지 않은 가운데, 쿠루미와 퀸은 서로의 무기를 맞대며 다섯 번째 힘겨루기에 들어갔다. 쿠루미의 몸은 방금 회복시켰는데도 불구하고 상처 투성이였으며, 피범벅(블러드배스)이 되었다.

여왕이 웃음을 흘렸다.

"역시, 그렇군. 과연, 너도 **이것밖에 안 되는 건가**. 분신은 어차피 분신. 본체처럼 【헤트】로 무한히 숫자를 늘릴 수는 없나 보군. 저기 있는 그녀— 한 명만 겨우 만들어낼 수 있는 거지?"

"……글쎄요? 그렇게 단정 짓는 건 좋지 않을 것 같은데 말이죠."

"내가 두려워했던 건, 본체가 자아내는 듯한 악몽이야. 셀 수도 없이 많은 토키사키 쿠루미를 상상하기만 해도 구역질이 날 것 같다. 하지만— 한둘 정도라면 두려워할 필요가 없지."

"그걸 확인하고 싶었던 건가요?"

"그래. 만약 그게 가능하다면, 너를 쓰러뜨려도 다른 토키사키 쿠루미가 〈자프키엘〉을 획득하며 부활할지도 모르니까 말이야. 하지만 지금이라면 네게서 〈자프키엘〉을 빼앗기만 해도, 토키사키 쿠루미라는 현상을 봉쇄할 수 있다."

퀸은 시스터스를 힐끔 쳐다보며 관찰했다. 그녀는 여전히 엠프티를 상대로 사투를 벌이고 있었다. 이쪽에 가세할 기색은 없었다. 하지만―.

시스터스의 그림자에서 새하얗고 조그마한 팔이 뻗어 나왔다. 그 손에는 고풍스러운 총이 쥐어져 있었다. 퀸은 그 모습을 보더니 비웃음을 흘렸다.

퀸은 그 총에서 발사된 탄환을 사브르로 단숨에 베었다.

그림자에서 기어 나온 것은 어려진 쿠루미― 일곱 살로 보이는 쿠루미였다.

"아, 그래. 네가 토키사키 쿠루미의 히든카드, 인 건가."

【헤트】로 분신을 만들어 내는 데는 한도가 있었다. 본체가 아니라 분신이 분신을 만든다는 이상사태 탓일까.

시스터스와 또 한 명, 그것도 어린 쿠루미를 만들어 내는 것이 한계였다. 하지만 주어진 카드가 그것뿐이라면, 그것만으로 승부를 낼 수밖에 없다고 쿠루미는 생각했다.

잔꾀도 쓴다. 비겁하다고 여겨질 수단도, 잔혹해 보일 수도 있는 수단도 쓴다.

하지만— 반전체에게 굴복하는 것만은 절대 안 된다. 몇 번을 지더라도 다시 일어나, 반드시 쓰러뜨려야만 하는 것이다.

상대가 강대한 적이기에…… 그런 안이한 인식 때문이 아니다.

퀸이란, 토키사키 쿠루미에게 있어 숙명이다.

분신과 본체, 나눠진 인식, 감정, 현재— 하지만, 그 근원에 존재하는 것은 토키사키 쿠루미라고 하는, 하나의 『주의(主義)』다.

그 『주의』가 결코, 결코 져서는 안 된다고 외치고 있는 것이다.

도망을 치든, 숨든, 퀸에게 굴복해서는 안 된다. 항복해서는 안 되는 것이다.

영 쿠루미가 쏜 탄환은 막혔다. 하지만 그것은 퀸이 원래 토키사키 쿠루미에게서 영 쿠루미에게로 주의를 돌렸다는 것을 뜻했다.

"—【一번째 탄환】."

〈자프키엘〉이 기동됐다. 문자판에서 흘러나온 그림자가 총에 장전됐다.

단총으로 퀸을 겨눴다. 방아쇠를 당기기 직전, 살의가 부풀어 올랐다.

"읏!"

여왕의 반응은 그야말로 극적이었다. 콤마 몇 초 만에 상황을 인식하더니, 살의에 순식간에 반응하며 고개를 젖혔다. 탄환은 퀸의 머리를 스치며 미세한 상처만 냈다. 시간을 정지시키지도, 감속시키지도 못했다. 퀸은 그대로 몸을 돌리면서 사브르를 휘둘렀다.

토키사키 쿠루미의 두 팔이 잘려나갔다.

"—끝이다, 토키사키 쿠루미."

두 팔을 잃은 이상, 쿠루미는 【달렛】 뿐만 아니라 모든 탄환을 쓸 수 없다.

명백한 게임 오버인 것이다.

퀸은 무너지듯 주저앉으려 하는 쿠루미의 영장— 그 옷깃을 움켜쥐며 그녀를 들어올렸다.

"쿠루미 씨!"

그때, 시스터스의 그림자에서 히고로모 히비키와 까르트 아 쥬에가 튀어나왔다. 하지만 이미 늦었다.

퀸이 완벽한 승리였다.

이제 〈자프키엘〉을 빼앗은 후, 그녀들을 다시 유폐하기만 하면 된다.

"끝났군, 토키사키 쿠루미. 그래. 곧 해제될 【아리에】에게 네 두 발도 먹어치우게 해줄까?"

"……그건…… 딱히 상관없지만……. 마지막으로…… 하나만…… 가르쳐 주세요."

두 팔을 잃은 채 목을 졸리고 있는 쿠루미가 고통에 찬 목소리로 그렇게 말하며 억지로 미소를 지었다.

"뭐지?"

"실은 좀 신경이 쓰여서 말이죠……. 제 생각에는 다른 영역으로 이어지는 입구는 이곳에만 있을 것 같은데, 그렇지 않나요?"

"아, 그래. 다음 기회를 노리는 거구나? 좋다. 또 도망치는데 성공한다면, 그것도 재미있겠지."

퀸은 쿠루미의 추측을 긍정했다.

"그렇다. 이 알현실이야말로 입구지. 인계 전체를 침식하고, 모든 것을 유린하기 위한 입구 말이야. 자, 토키사키 쿠루미. 아쉽겠지만 이걸로 체크메이트다."

바로 그때, 【자인】이 해제됐다. 그 순간, 【아리에】가 과잉살상(오버킬)을 자행하려는 듯이 쿠루미를 향해 날아왔다. 탄환은 굶주릴 대로 굶주린 짐승처럼 공간을 먹어치웠다.

끼기기기긱, 하는 소리를 내며, 탄환은 다시 토키사키 쿠루미를 조준했다.

즉, 장군, 외통수— 체크메이트.

이 상황에서 역전극이 벌어질 리가 없다.

퀸은 그 소리를 들으면서 옅은 미소를 지으려다— 인상을 찡그렸다.

토키사키 쿠루미는 웃고 있었다. 정신이 나간 게 아닐까 의심될 정도로, 요란스럽게 웃고 있었다.

"키히히히히히히히히히히! 아아! 유감이군요, 정말 유감이에요! 겨우 이보(二步)[#2], 그깟 이보인데 말이죠! 이대로 살해당한다면, 정말 봐줄만 하겠군요!"

"이보?"

끼기기기긱, 하는 소리를 내면서 탄환이 날아왔다.

"체스에는 이 룰이 없답니다. **일본 장기**에 있는 룰이죠. 하지만 이건 전쟁(데이트)이니— 룰을 어기는 것도 어쩔 수 없다고 생각하지 않나요?"

퀸은 미심쩍다는 듯이 미간을 찌푸렸다.

등 뒤에서 느껴지는 보잘 것 없는 살의와 능력 같은 것은 전혀 문제가 되지 않는다. 히고로모 히비키가, 까르트 아 쥬에가, 어린 쿠루미가, 시스터스가, 뭘 한들 전부 부질없는 짓에 불과하다.

"—자, 퀸. 체크메이트랍니다."

그녀의 말을 해석하려고 한 순간, 엄청난 허무감이 퀸의 온몸에 엄습했다.

퀸의 등에, 【아리에】가 박혔다.

옆구리가 찢겨져 나가더니, 공간째로 먹히고 말았다.

#2 이보(二步) 일본 장기의 반칙수. 전진만 가능한 장기말인 보(步)를 같은 세로열에 두 개 이상 두는 것은 반칙행위이며, 바로 패배로 간주된다.

"아니—."

경악을 할 수밖에 없었다. 물음표가 뇌를 가득 채웠다.

"—짓을, 한 거냐."

토키사키 쿠루미는 체셔 고양이처럼 웃음을 흘리며 자신이 쓴 탄환의 이름을 밝혔다.

그것은 사물을 가속시키는 【알레프】도, 감속시키는 【베트】도 아니며, 시간을 되감는 【달렛】도 아니거니와, 미래를 내다볼 수 있는 【헤】도, 시간을 멈추는 【자인】도 아니었다.

"—【아홉 번째 탄환(테트)】."

"아……." "어……."

마지막 한 수를 듣지 못했던 시스터스와 영 쿠루미는 경악했다. 즉, 아까 퀸이 돌아본 순간이 바로 승패의 갈림길이었던 것이다.

만약 저 두 사람에게 조금이라도 여유가 있었다면, 퀸은 즉시 눈치챘을 것이다. 영 쿠루미가 기습적으로 날린 일격이 마지막 한 수라고 믿었기에, 퀸은 놀란 표정을 지었다.

하지만, 토키사키 쿠루미는 이전에 퀸과 싸웠던 경험을 통해, 그것으로는 상대를 쓰러뜨릴 수 없다고 생각했다.

그렇기 때문에 한 수를 더 준비했다. 퀸이 날린 【아리에】를 이용한 수를 말이다.

"저 탄환은 자동적으로 적을 추적하는 탄이 **아니더군요**. 당신이 직접 조작하고 있는 거죠?"

열원(熱源), 혹은 영력…… 그런 것을 탐지해서 추적하는 거라고도 생각했지만, 그 가설은 퀸의 본성을 생각해볼 때 말이 안 되었다.

"당신은 그 누구도 신용하지 않아요. 그렇죠? 여왕이니까 말이에요. 엠프티들에게 조작을 맡긴다? 무리예요. 예, 무리이고말고요."

가장 유력한 가설은 그녀가 【아리에】를 자신의 의지로 컨트롤하고 있다는 것이다. 그 가설은 퀸이 아까 꼼짝도 하지 않았다는 점이 뒷받침하고 있었다.

세밀하게 조작한다기보다, 『표적인 토키사키 쿠루미에게 맞춘다』 정도의 막연한 컨트롤이겠지만 말이다.

여하튼 【아리에】는 퀸이 자신의 의지로 조작하고 있다. 그렇다면— 토키사키 쿠루미의 의지를 덧씌워서 조작에 개입하는 것도 불가능하지 않으리라.

그러기 위해 【테트】를 쓴 것이다. 원래 이 탄환의 용도는 한정되어 있다. 다른 시간축에 있는 인간과 의식을 연결하기 위한 탄환이다. 하지만, 인계에는 애초에 **시간축 그 자체**가 없다고 해도 과언이 아니다. 엄밀하게 정해진 시간이 존재하지 않는 이상, 쿠루미의 【테트】는 언제든 효력을 발휘할 수 있다.

퀸은 【아리에】를 자신의 의지로 조작했다. 하지만, 세세하게 조작하는 건 아니었다. 그래서 탄환에 담긴 퀸의 막연한 의지에 쿠루미가 순간적으로 개입해서, 덮어쓰기(크랙)를 한 것이다.

토키사키 쿠루미가 아니라, 퀸을 노리라고 말이다. 물론 단순히 【테트】를 쏴서, 퀸의 의식에 개입한다면 상대방도 저항할 것이다.

하지만 아까 퀸은 【아리에】에는 거의 관심을 주지 않았다. 승리를 확신한 것과 동시에 쿠루미와의 대화에 집중했고, 또한 등 뒤에 있는 시스터스 일행에게 주의를 기울이고 있었다.

즉, 탄환을 조종하려는 의식 자체가 없었던 것이다.

그저 타성적으로 조작을 했을 뿐이다. 아무런 목적도 없이, 멍하니 컨트롤러로 캐릭터를 움직이는 것이나 다름없었다.

"하지만, 이건 나의— 〈루키프구스〉인데……?"

"당신은 저희의 반전체예요. 원래의 반전체가 아니라, 분신의 반전체죠. 게다가 당신은 저희의 〈자프키엘〉을 멋대로 뜯어고쳐서 활용하고 있죠? 그래서 저희의 힘을 흡수하려 했어요. 그러니, 그 반대도 가능할 거라고 생각했답니다. 당신은 인식했어야만 했어요."

〈자프키엘〉의 힘을 악용하기 위해 연구와 해석을 했다. 그렇다면, 여왕은 그 힘이 자신을 향해 송곳니를 드러내는 사태에 대비했어야만 하는 것이다.

인과응보. 자업자득.

퀸이 이루려던 목적이 무엇이든 간에, 그것이 토키사키

쿠루미에게 이용당했다.

이것으로 여왕을 해치웠을— 리가 없다.

"시스터스!"

"알았어요, 『저』!"

가장 먼저 움직인 이는 시스터스였다. 그 뒤를 이어 영 쿠루미가 히비키와 까르뜨를 양손으로 잡아당기며 달렸다. 쿠루미는 마지막으로 남은 무기— 발로 퀸을 힘껏 걷어찼다.

그 순간, 시스터스가 퀸의 옆을 가로질렀다.

그와 동시에 그녀에게서 사브르를 빼앗았다.

시스터스는 이 검이 바로 문의 열쇠라는 것을 알고 있었다. 능력을 완전히 활용하지는 못하겠지만— 이미 존재가 확립된 문을 개방하는 것은 가능하리라고 그녀는 추측했다.

망설일 여유는 없었다.

어느 영역으로 이어지는 문일지라도, 개방되기만 하면 된다.

"하아아아아아아아아아아아아아아아아!"

시스터스는 공간을 베려는 듯이 사브르를 휘둘렀다.

그러자 비나 전체에 울려 퍼질 듯한 굉음이 발생했다. 뭔가가 해제되는, 톱니바퀴와 톱니바퀴가 맞물리며 돌아가는 듯한, 그런 소리였다.

눈 한 번 깜빡하는 사이에, 상황이 변해갔다. 전 재산을 건 승부에서 승리한 쿠루미는 힘이 다했는지 무릎을 꿇었다.

"문이—."

히비키와 까르트는 경악했다. 영 쿠루미는 그런 두 사람을 주저 없이 양손으로 집어던졌다. 그와 동시에 두 사람은 비명을 지르며 문 안으로 들어갔다. 까르트는 미리 트럼프를 몸에 두르고 있었기에, 『무모한 짓이오』, 『구해주세요~』, 『무리입다!』, 『처음으로 경험하는 일이라 여기도록!』 등의 목소리가 들려왔다. 하지만 지금은 아무래도 상관없었다.

시스터스는 혼절한 쿠루미를 안아들면서 사브르를 내던졌다.

영 쿠루미가 그 사브르를 안아들었다.

"『저』?!"

"룩!"

퀸이 고함을 질렀다. 영 쿠루미가 양손으로 사브르를 쥐더니, 룩이 몸을 일으키면서 날린 공격을 막아냈다.

"흩어져— 쏴!"

낫이 분열되더니 수많은 화살이 되어 날아오자— 영 쿠루미가 그것을 자신의 몸으로 막아냈다.

영 쿠루미는 주저하지 않았다. 토키사키 쿠루미라면 이럴 것이다. 시스터스라면 이럴 것이다. 영 쿠루미 또한, 【헤트】에 의해 탄생한 순간부터, 이러기로 결심했던 것이다.

"……『저』. 목적을 달성해 주세요. 저는 이대로 작별하지만…… 부디—."

그 사람을 만나기 위해서. 그리고 토키사키 쿠루미의 목적을 달성하기 위해서…….

그것을 위해 살아왔고, 그것을 위해 죽는다.

아지랑이처럼 살고, 아지랑이처럼 죽는다.

토키사키(저희) 쿠루미는, 전혀 개의치 않는다.

어린 쿠루미는 【헤트】를 통해 탄생한 순간부터, 이러기로 결심했다. 이 상황에 이른다면, 우선 자신이 목숨을 던지기로 말이다. 그리고 만약 영 쿠루미가 그 이전에 스러졌다면, 그 때는 시스터스가 목숨을 내던지리라. 그 어떤 모습을 지녔던 간에, 토키사키 쿠루미는 토키사키 쿠루미니까 말이다.

나아가라, 나아가라, 어디까지라도— 밀랍으로 된 날개에 불이 붙어, 그 열기에 녹아내리더라도, 계속 날아가라.

"기다—."

룩이 뻗은 손이 소멸 직전인 영 쿠루미에게 막혔다.

문이 닫혔고, 영 쿠루미 또한 완전히 소멸됐다. 사브르로 문을 다시 열더라도, 치명적일 정도로 시간이 지체되고 마는 것이다. 퀸은 【드리】로 이미 자신의 몸을 재생시키고 있었지만, 쿠루미 일행은 그 사이에 도주할 것이다.

"아아, 퀸…… 퀸……!"

엠프티들이 훌쩍이고 있었다. 아마 처음일 것이다. 여왕이 이렇게 상처 입은 모습을 보인 것은 말이다.

설령 10분 후면 몸이 완전히 회복될지라도—.

여왕은 상처를 치유하면서 평온한 표정으로 말했다.

"……엠프티, 룩. 지금 바로 알현실 밖으로 나가라."

겨우겨우 목숨을 부지한 엠프티 몇몇과 룩은 서로를 쳐다본 후, 퀸에게 예를 표하고 밖으로 나갔다. 이미 【아리에】의 궤적은 사라졌으며, 남은 건 〈루키프구스〉의 사브르와 단총뿐이었다.

"—굴욕적이야."

퀸이 머리를 쥐어뜯자, 새하얀 영장이 피로 물들었다.

"말도 안 돼. 있을 수 없는 일이다. 불쾌해. 이런 일이 벌어져선 안 돼. 내가 틀렸을 리가 없다. 【테트】를 그런 식으로 쓸 수 있다는 건 기록에 없었어. 기록에 없는 건 분석할 수가— 크, 으윽!"

찰칵찰칵찰칵. 퀸의 몸 안에서 무언가가 쉴 새 없이 움직이고 있었다.

"하, 하…… 하지 마라! 나는 아직 할 수 있어! 나는 아직— 큭, 알았다. 정보를 분석할 시간을 준다면, 벌로써 **나는 틀어박히겠다**."

어차피, 지금의 『그녀』는 세입자에 지나지 않는다. 아무리 완전한 능력을 지녔더라도, 공간을 지배한다고 하는 절대적인 권능을 자랑하더라도, 정신이 흐트러지면 방황할 뿐이다.

퀸은 그것을 싫어한다.

육체가 완벽하다면, 인격도 완벽해야 한다. 좌절은 용납되지 않는다. 분노도 용납되지 않는다.

육체가 완전히 재생된 후에 몸을 일으킨 제2의 여왕은 뭔가를 확인하듯 발로 바닥을 가볍게 걷어찼다.

"어머, 어머. 어머나, 어머나. **그 아이**가 다시 일어설 때까지 제가 대역을 하는 건가요? 으으으음……. 뭐, 어떻게든 되겠죠. 제가 잔꾀 쪽으로는 머리가 잘 돌아가고~, 결국— **그 조사**가 끝날 때까지는 인계를 박살낼 수 없으니 말이에요."

퀸은 단아하게 움직이며 기품 넘치는 미소를 머금었다.

"그건 그렇고, 그 애는 열등감에 지나치게 사로잡혀 있군요. 저희는 **틀림없는 본체이니**, 개의치 않아도 될 텐데 말이에요—."

아까 전의 퀸을 성격이 불같은 장군이라고 한다면, 지금의 퀸은 그야말로 온화한 공주 같았다.

"—그럼 **여러분**. 체스를 계속 두도록 하죠. 룩, 비숍, 나이트— 그녀들을 움직여서 말이에요. 대관식을 치를 그날을 꿈꾸면서 말이에요. 아아, 정말 고대되는군요."

퀸의 얼굴에 우아한 미소가 어렸다.

방금 쫓아낸 룩와 엠프티에게 달콤한 꿈을 선사하기 위해, 퀸은 천천히 걸음을 옮겼다.

○에필로그

문을 통과하자, 허공에 뜬 몸이 엄청난 기세로 가속되고 있는 느낌이 들었다. 압박을 받은 내장이 꿈틀거렸고, 엄청난 속도로 몸이 돌고 있는 탓에 구역질이 엄습했다.

단순히 말해, 영원히 추락하고 있는 듯한 느낌이었다.

대체 언제까지 추락하는 걸까— 쿠루미는 시스터스의 품에 안긴 채 불안에 휩싸였다.

"곧 끝날 것 같군요."

시스터스는 쿠루미의 마음을 읽었는지 그렇게 말했다.

문이 열려 있었다. 그 너머에는 푸른 하늘이 끝없이 펼쳐져 있었다. 맑고 투명한 공기가 일본의 여름 하늘을 연상하게 했다.

"정신 바짝 차리세요……!"

가속— 가속— 가속. 힘차게 문을 통과했다. 다음 순간, 강렬한 충격이 온몸에 울려 퍼졌다.

문은 하늘에서 지상을 향해 열려 있었으며, 그대로 낙하가 이어졌다. 하지만 이곳은 인계다. 이대로 추락한다고 해서 죽을 일은 없다.

시스터스가 다리에 영력을 집중시키면서 착지했다.

그리고 허둥지둥 〈자프키엘〉의 단총으로 쿠루미를 겨눴다.

"서둘러 주세요, 『저』."

"알고 있답니다, 시스터스. 〈자프키엘〉— 【달렛】……!"

시계판에서 나온 그림자가 장전되자, 시스터스는 방아쇠를 당겼다.

간발의 차이로 〈자프키엘〉에 의한 복원이 쿠루미의 목숨을 구했다. 두 팔이 이어 붙자, 토키사키 쿠루미는 힘차게 몸을 일으켰지만, 이내 현기증이 난 것처럼 휘청거렸다.

"아아, 정신 차리세요. 정말 한심하군요."

"……전 재산을 다 쏟아 부었으니까요. 동전 한 푼 남기지 않고 말이에요."

전 재산을 건 승부— 비나에서 획득한 『시간』을 전부 소비했다. 그러지 않았다간, 퀸에게 한 방 먹여주는 것도 불가능했을 것이다.

……희생은 컸지만, 소득은 있었다.

절망과 희망, 상반되는 두 가지를 가슴에 품은 채, 살아남았다.

그렇다. 무엇보다 중요한 것은 바로 그 점이다. 살아있다. 그 퀸을 따돌렸다.

그리고 쫓아오지 않는 것을 보면, 승리했다고 생각해도 될 것이다.

대지에 드러누운 두 사람의 눈에 들어온 것은 압도적일 만큼 푸른 하늘이었다. 유일하게 눈에 거슬리는 것은 초현실주의 화가가 그린 그림에서나 볼 법한, 하늘에 떠 있는 문이다.
저 문은 이 멋진 광경에 어울리지 않았다.
"『저』."
"예. 동시에 쏘죠."
쿠루미와 시스터스는 자신만만한 미소를 지으며 〈자프키엘〉을 치켜들었다. 그리고 그 문을 조준한 후, 방아쇠를 당겼다.
총성이 하늘 높이 울려 퍼졌다.
두 사람이 쏜 탄환이 하늘을 찢으며 곧장 날아가더니―.

퀸의 유물은, 산산조각이 나버리고 말았다.

"꼴좋다~, 예요."
"천박한 말 좀 하지 마세요, 『저』."
둘 중 누가 어느 말을 했는지는, 신만이 알리라―.

◇

한편―.
"묻겠다."
날선 목소리가 들렸다. 뭉게뭉게 피어오르는 건 입에 문 담배― 가 아니라, 그녀의 온몸에서 뿜어져 나오는 수증기였다. 담뱃재가 떨어지듯, 책상에 다갈색 액체가 방울져 떨어졌다— 담배 모양 초콜릿이군요.

그리고 히고로모 히비키와 까르트 아 쥬에는 꽁꽁 묶여 있었다. 까르트가 지닌 네 장의 트럼프도 마찬가지였다.

히비키는 눈빛만으로 까르트와 대화를 나눴다. 두 사람은 힘을 합쳐 싸웠던 사이다. 어느 정도의 의사소통은 가능한 것이다.

'탈출할 수 있겠어요?'

'무리. 꼼짝도 못하겠네.'

'도미니언이나 되면서, 진짜 도움이 안 되네요.'

'나는 잔꾀나 얍은 수로 싸우는 타입이거든?!'

뭐, 의사소통이 가능하다고 해도 서로에게 도움이 될 거라고 단정할 수는 없지만 말이다.

호랑이 중사(소녀)가 두 사람을 무시무시한 눈길로 노려보았다.

그 시선은 히비키는 물론이고, 원래라면 이 호랑이 중사(소녀)보다 지위가 높을 까르트까지 부들부들 떨게 만들었다.

잘은 모르겠지만, 그녀에게서는 거역을 용납하지 않는 묘한 박력이 느껴졌다.

"귀공들은 적인가, 아군인가. 이 호드에서는 박쥐 짓이나 하는 녀석은 신뢰를 얻지 못한다. 우리들, 혁명군에게 붙을 것인지— 아니면 구시대의 유물인 반오인에게 붙을 것인지,

지금 바로 정해라!"

히비키와 까르트는 그 말을 듣자마자 「윽!」 하고 신음을 흘렸다. 두 사람 다 정보수집력은 다른 준정령보다 훨씬 뛰어나기에, 여기가 어디인지 눈치챈 것이다.

말쿠트에 버금가는 격전지로 여겨지는 영역이 있다. 도미니언의 자리를 차지하기 위해, 거의 동일한 수준의 두 세력이 다투고 있는 영역이다.

그곳은 항상 빠져들 것만 같은 푸른 하늘이 존재하고, 언제나 상쾌한 바람이 분다고 한다.

혁명군과 반오인—.

호드를 둘러싼 조직 간의 항쟁에, 토키사키 쿠루미와 히고로모 히비키 일행이 휘말리려 하고 있었다.

■작~가~후~기~(맥 빠진 어조)

후기라는 것을 쓸 때마다, 기절할 것만 같을 정도로 고민에 잠기곤 합니다. 그도 그럴 것이, 보통 후기라는 것은 본편의 집필을 끝내서 기운이 쫙 빠져 있을 때에 찾아오니까요. 「죄송하지만, 후기 잘 부탁드립니다~!」 같은 느낌으로 말이죠.

물론 1권 때는 후기에서 쓸 게 산더미처럼 있지만, 작품이 잘 풀려서 3권 정도까지 진행되면 갑자기 쓰기 어려워집니다. 예, 바로 이 3권처럼 말이죠! 하지만 그렇다고 안 쓸 수도 없으니, 우선 3권의 콘셉트부터 이야기해볼까 합니다.

3권의 베이스가 된 것은 메르헨 월드&대탈주입니다. 이상한 나라의 앨리스&알카트라스 탈출, 이라고 표현할 수도 있겠군요. 그야말로 악마 합체군요. 그리고 지난번에 드디어 등장한 퀸과의 대결, 그리고 토키사키 쿠루미에게 있어 가슴 아픈 진실과 마주할 수밖에 없는 편이기도 했습니다.

물론 ○○○이니 〈○○○〉는 쓸 수 없어야 하지 않나요? 같은 의문이 남아 있고, 애초에 그녀가 「누구」인가라는 의문도 남아 있습니다. 그래도 『데어불』(이 약칭은 어감이 좋지 않네……)에서의 토키사키 쿠루미의 정체에 대한 이야기는 크게 나아갔다 할 수 있을 겁니다.

하지만 쓰면 쓸수록, 토키사키 쿠루미라는 캐릭터의 불가사의함이 돋보이고 있는 듯한 느낌이 듭니다. 흑발, 차분한 성격, 끝내주는 몸매……는 인기 캐릭터의 필수요건이라고 치죠. 총잡이……도 뭐, 인기를 모을 요소 중 하나일지도 모릅니다. 왼쪽 눈이 시계판……인 점은 좀 과하다는 느낌이 들고, 웃음소리 또한 「아하하하하」나 「오호호호호」가 아니라 「키히히히히」란 말이죠. 하지만 여러분도 아시다시피 『데이트 어 라이브』의 토키사키 쿠루미는 많은 독자 여러분에게서 귀엽다는 평가를 받고 있습니다.

예, 그렇습니다. 아무리 잔혹하고, 냉혹하며, 악행을 할지라도, 그녀는 「귀엽다」 그리고 「멋지다」라고 인식되는 캐릭터입니다. 그것은 타치바나 선생님이 『데이트 어 라이브』에서 토키사키 쿠루미의 매력을 차곡차곡 쌓아주신 덕분이라도 저는 생각합니다.

그런 그녀의 매력을 얼마나 표현할 수 있을 것인가. 얼마나 추구할 수 있을 것인가. 이 시리즈의 핵심은 바로 그 점이라고 생각합니다. ……뭐, 설마 어려질 거라고는…… 생각도 못했지만 말이죠…….

하지만 어려진 쿠루미(NOCO 선생님 혼신의 역작. 완전 크리티컬)는 정말 귀엽군요. 히비키가 범죄 행위에 가까운 짓을 저지르려 하는 것도 무리가 아닙니다. 작품 안에서 쿠루미는 일곱 살 이외에도 열 살, 열한 살, 그리고 ○○살 등, 다양한 연령으로 변화합니다. 기대해주시길!

자, 과한 스포일러를 피하기 위해『데어불』에 관한 이야기는 이쯤에서 마칠까 합니다. 한 달 전에 발매된『데이트 어 라이브』 본편 쪽은 드디어 클라이맥스를 맞이하며 노도와도 같은 전개를 선보이고 있습니다.

궁지에 몰릴 대로 몰린 시도 일행은 앞으로 어떻게 될 것인가?! 라고나 할까요. 타이틀로 되돌아간다, 원점으로 회귀한다— 라이트노벨과 만화의 장기 시리즈에서「처음과는 다른 곳에 도달한다」는 것은 흔한 일입니다만,「처음으로 되돌아간다」는 것은 정말 어려운 일이라고 생각합니다!

대단하고 멋지다고 생각하며, 이『데이트 어 불릿』도 그 재미를 계승할 수 있도록 노력하겠습니다.

그럼 마지막으로 감사 인사&각 방면의 분들에게 사죄를 드릴까 합니다. 담당 편집자님, 타치바나 코우시 선생님, 일러스트를 담당해주신 NOCO 선생님, 정말 감사합니다.

특히 타치바나 선생님께서는 본편 클라이맥스 직전인데도

불구하고, 저에게 시간을 내주셨습니다! 압도적으로 감사드리고, 또 감사드립니다……!

『데이트 어 라이브』 애니메이션 신 시리즈도 발표되었으니 더 바빠지실 거라 생각합니다만, 그래도 또 같이 식사라도 하시죠!(사심)

그리고 독자 여러분. 봄이 되었습니다. 꽃가루 알레르기로 코가 막혀서 무의식적으로 입을 열고 잤는데 아침에 일어나 보니 목에 난리가 났다, 같은 일이 벌어지지 않도록 조심하십시오……! 또한, 저는 잘 때 코에 넣는 물약, 코 확장 테이프, 코골이 방지용 마우스피스로 완전 무장을 합니다. 결점은 너무 방해되어서…… 잠이…… 안 옵니대이……!

히가시데 유이치로

■역자 후기

안녕하십니까. 근로청년 번역가 이승원입니다.

『데이트 어 불릿』 3권을 구매해 주셔서 진심으로 감사드립니다.

2권의 후기를 겨울 초입에 썼습니다만, 3권은 여름 초입에 쓰고 있습니다.

덥습니다! 매우 더워요!

오늘 처음으로 에어컨을 켰을 정도입니다. 진짜 날씨가 후덥지근하네요. 선풍기 정도로는 도저히 버틸 수가 없어 결국 봉인되어 있던 문명의 이기를 해방시켰습니다.

문제는…… 냉매가 바닥난 건지 냉매가 안 나옵니다(털썩).

냉매를 충전해주는 업체에 연락해 보니, 요즘 바빠서 며칠 후에나 와 줄 수 있다더군요.

천국에서 지옥으로 추락한 기분을 맛보고 있습니다.

결국 한 시간 간격으로 등물(^^)을 하면서 어찌어찌 버티고 있네요.

독자 여러분도 올해 여름 잘 보내시길!

그럼 『데이트 어 불릿』 3권에 대해 조금 이야기해볼까 합니다.

스포일러가 포함되어 있을 수도 있으니 본편을 안 읽으신 분은 유의해 주시길!

이번 권은 정말 너무 충격적이라 무엇부터 말씀드리면 좋을지 짐작이 안 됩니다. 다양한 버전(?)의 쿠루미도 매력이 철철 넘쳤고, 중반의 결투, 그리고 최종결전 등, 정말 재미없는 부분이 없었다고 해도 과언이 아닐 정도였습니다.

그리고 커다란 비밀이 밝혀지는 것과 동시에, 또 다른 비밀이 모습을 드러내고 있습니다.

아직도 『데어불』의 쿠루미에게는 많은 비밀이 존재하는군요.

물론 퀸에게도 말이죠.

이 두 캐릭터가 앞으로 어떤 이야기를 펼쳐나갈지 정말 고대됩니다.

다음 권도 최선을 다해 작업에 임하겠습니다!

그럼 이만 줄이겠습니다.

L노벨 편집부 여러분, 도서전 정말 수고 많으셨습니다. 저도 평생 잊지 못할 추억이 되었습니다! 앞으로도 잘 부탁드립니다!

이열치열을 좋아하는 악우여. 한여름에 먹는 돼지국밥이 각별한 건 알거든? 그래도 돼지국밥 다 먹자마자 옆에 있는 밀면 가게에 들어가서 밀면 곱빼기를 시키는 건 좀 그렇지 않아?! ……마, 만두 추가는 하지 마아아아아~!

마지막으로 언제나 제게 버팀목이 되어주시는 어머니와 『데이트 어 불릿』을 읽어 주신 모든 분들에게 진심으로 감사드립니다.

수영복과 물총이 난무(?)할 걸로 추정되는 4권의 역자 후기 코너에서 다시 뵙겠습니다!

2018년 7월 초

역자 이승원 올림

데이트 어 불릿 3

초판 1쇄 발행 2018년 8월 10일

지은이_ Yuichiro Higashide
감수 기획_ Koushi Tachibana
일러스트_ NOCO
옮긴이_ 이승원

발행인_ 신현호
편집국장_ 김은주
편집진행_ 최은진 · 김기준 · 김승신 · 조미연 · 원현선 · 권세라
편집디자인_ 양우연
국제업무_ 정아라 · 안수지 · 고금비
관리 · 영업_ 김민원 · 이주형 · 조인희

펴낸곳_ (주)디앤씨미디어
등록_ 2002년 4월 25일 제20-260호
주소_ 서울시 구로구 디지털로 26길 111 JnK디지털타워 503호
전화_ 02-333-2513(대표)
팩시밀리_ 02-333-2514
이메일_ lnovelpiya@naver.com
L노벨 공식 카페_ http://cafe.naver.com/lnovel11

ISBN 979-11-278-4593-3 04830
ISBN 979-11-278-4273-4 (세트)

값 7,000원

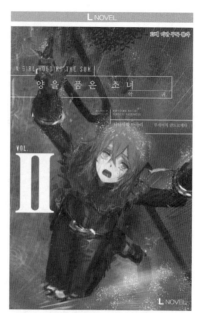

중고라도 사랑이 하고 싶어! 1~8권

타오 노리타케 지음 | ReDrop 일러스트 | 이진주 옮김

"웃기지 마! 이 비처녀가!" 고등학생 아라미야 세이이치는
교내에서 제일가는 불량 학생 아야메 코토코의 말썽에 휘말린 사건을 계기로
아야메 코토코가 끈덕지게 따라다니는 상황에 처하게 되고, 심지어 고백까지 받는다.
그러나 세이이치는 신념에 따라 그것을 거절한다.
"야겜의 히로인 말고는 흥미 없어." 미인이지만 중고라는 소문이 도는
코토코는 아예 논외였다. 그것으로 포기하리라고 생각했건만…….
"반드시 네 이상이 돼주겠어."
그렇게 선언한 코토코는 게임의 히로인과 같은 트윈테일 미소녀로 변신!
이건 대체 무슨 야겜? 인가 싶을 만큼 억지스러운 방법으로 세이이치에게 접근한다!!
불량소녀와 오타쿠.
얽힐 일이 없을 터였던 두 사람의 이야기는 어디로 향할 것인가?!

『소설가가 되자』에서 화제가 된,
「사실은 일편단심 순정 소녀」계 러브코미디!!

L NOVEL

© Fumiaki Maruto, Kurehito Misaki 2018
KADOKAWA CORPORATION

시원찮은 그녀를 위한 육성방법 1~13권(완결) | FD, GS 1~3권, Memorial

마루토 후미아키 지음 | 미사키 쿠레히토 일러스트 | 이승원 옮김

이것은 나, 아키 토모야가 그다지 눈에 띄지 않는 한 소녀를
히로인에 걸맞은 캐릭터로 프로듀스하면서,
그녀를 모델로 한 미소녀 게임을 제작하는 과정을 그린 감동적인 이야—
"아앙? 할 줄 아는 건 하나도 없으면서 게임을 만들겠다고?
세상 물정을 몰라도 너무 모르는 거 아냐?"
"나에게는 이 끓어오르는 정열이 있어! ……아, 구기지 마!
꼬박 하룻밤 걸려서 쓴 기획서란 말이다!"
"표지밖에 없는 기획서를 쓰는 데 왜 그렇게 시간이 걸린 거야?"
"열한 시간이나 잤더니 남는 시간이 얼마 안 되더라고."
"태클 걸 데가 너무 많아서 어디서부터 걸어야 할지 모르겠잖아……. 에잇, 에잇!"

……아무튼, 메인 히로인 육성 코미디, 시작하겠습니다!

라이트노벨의 새로운 빛! L노벨의 신간은 매월 10일에 발매됩니다. http://cafe.naver.com/lnovel11